考試分數大躍進
累積實力
百萬考生見證
應考秘訣

4

根據日本國際交流基金考試相關概要

絕對合格！
關鍵字

日檢高得分祕笈 MP3

類語單字 N4

吉松由美、田中陽子、西村惠子、山田社日檢題庫小組・著

山田社

前言 はじめに preface

日檢絕對合格秘密武器就在這！
關鍵字分類密技，N4 上千字馬上輕鬆入手，
讓您快速累積功力，
單字、文法、閱讀、聽力，四大技能全面提升。
趕快搭上這班合格直達列車，成為日檢得分高手！

關鍵字是什麼？關鍵字是龐大資訊的濃縮精華，是長篇大論中的重點、靈魂。藉由關鍵字，我們可以化複雜為簡單，節省大量時間，集中火力來提高專注力，並達到長久且深入的記憶成效。而經由此方式輸入的記憶，一旦碰到名為關鍵字的鑰匙，便能刺激大腦運作，產生敏感的直覺反應，由點到線、由字到文句一一串聯，瞬間點開龐大的記憶連結網，打開一連串記憶的篇章。

在面對大量單字時，只要抓對關鍵字，將容易聯想在一起的類義語綁在一塊。往後只須藉由關鍵字輕輕一點，便能經由聯想叫出整個檔案。腦袋不再當機，再多的詞彙都能納入您的專屬字庫。

本書精華：

▲超齊全必考詞彙，高效率掌握考試重點！
▲聯想記憶法，抓住同類詞語過目不忘！
▲將單字分類，讓您活用零碎時間，零壓力充實記憶體！
▲生活例句，立即應用在生活中，和日本人聊天對答如流！
▲聽標準日文發音，提升語感，聽力測驗信心滿滿！

上千單字總是背到半途而廢？明明花了很多時間卻總是看過就忘嗎？想要破解單字書無限輪迴的魔咒，並快速累積實力就靠這一本！本書由經驗豐富的日檢老師精心撰寫高質量的內容，單字搭配例句，再加上聰明的關鍵字學習方法，幫您濃縮學習時間、提高學習成效。學習新單字就是這麼簡單！

本書五大特色：

★整理 N4 關鍵字類語，同類用語一次到位！

本書將 N4 單字依照類義語分門別類，打造最充實的日本語字庫。不只能幫讀者輕易掌握單字用法，還能透過聯想串聯記憶，讓您在茫茫辭海中，將相關詞語一網打盡。同時本書也針對日檢單字第二、三大題的考法，題型包含從四個選項中選出與題目同義的詞彙，以及從相似單字中選出符合句意的選項。只要有了它，相似詞語不再混淆，同類詞彙更是替換自如，面對考題就像打開記憶的抽屜般自由活用，N4 單字量大躍進！

★ 由關鍵字查詢，讓您搜尋一字，整組複習！

書中將所有關鍵字以 50 音排序，不但可以在想不起單字時快速查詢，且一查便能找到整組相似詞語。超貼心排序法，讓讀者忘一個字，整套一併複習，反覆閱讀加深記憶！另外在閱讀文章時看到不會的單字時，也能透過本書的關鍵字查詢來觸類旁通，學到更多類語詞彙的表達方式！

★由豐富例句深入理解詞意，大量閱讀打造堅強實力！

每個 N4 單字旁皆附上超生活化的實用例句，在透過例句理解單字用法的同時，還能一併訓練閱讀、文法及口說應用，再藉由例句加深記憶力。可謂日檢通關技能一次提升！此外，經過本書的類語分類，讀者也能比較相似用法，抑或是透過替換類語來舉一反三、交叉練習。為日語打下雄厚根基，怎麼考都不怕！

★書後 50 音索引，查單字就是要精準、快速！

光有目錄還不夠，書末再將所有 N4 單字以 50 音順序排列，考題做到不會的單字時只要隨手一查，本書便立即化身辭典來答題解惑。且本系列單字書全按照日檢級數編排出版，因此讀者可選擇自己適合的難度，縮小範圍準確查詢。

★跟日籍老師說標準日語，口說、聽力都不是問題！

日籍老師親自配音單字、例句，帶領讀者學習最道地的標準日文。只要反覆聆聽熟悉日文頻率，面對聽力測驗便能不再緊張。而且由聲音記住單字的學習法，單字輕鬆攻略自不必說，就連句子也在不知不覺中自然烙印腦海。讓讀者從此滿懷自信，自然說出正確日語！

不論您是自學日語、考生、還是正準備迎向下一個自我挑戰，本書將會是最堅強的後盾。替您把握重點，並藉由對的方法，輕鬆消化紮實內容，讓您宛如站在巨人的肩膀上。迎戰日檢，絕對合格！

目錄 もくじ content

あ行 關鍵字

あう 合う 008
あがる 上がる 008
あきなう 商う 008
あじわう 味わう 009
あそぶ 遊ぶ 009
あたえる 与える 010
あつい 熱い 010
あつかう 扱う 011
あつまる 集まる 011
あらい 粗い 012
あらがう 争う 012
ある 013
あわせる 合わせる 013
いい 良い 014
いう 言う 015
いきる 生きる 016
いく 行く 016
いそぐ 急ぐ 017
いなむ 否む 018
いる 018
いれる 入れる 019
うける 受ける 019
うごかす 動かす 020
うごく 動く 021
うつす 移す 022
うつす 映す・写す 023
うむ 生む 023
うやまう 敬う 024
うる 売る 025
える 得る 025
おおい 多い 026
おおきい 大きい 027
おく 置く 027
おくる 送る 027
おくる 贈る 028
おこす 起こす 029
おしえる 教える 029
おそい 遅い 030
おどろく 驚く 030
おもう 思う 031
おわる 終わる 032

か行 關鍵字

かえる 返る 033
かえる 換える・替える 033
かかわる 関わる・係わる 034
かく 書く 034
かける 掛ける 035
かぞえる 数える 035
かなしむ 悲しむ 037
かまう 構う 037
からだ 体 038
かわる 変わる 038
かんがえる 考える 039

かんじる 感じる……039
きく 聞く……041
きめる 決める……041
きる 着る……042
くぎる 区切る……043
くらべる 比べる……044
くる 来る……044
くるしむ 苦しむ……045
くわえる 加える……045
くわわる 加わる……046
こいする 恋する……046
こそあど……047
こたえる 答える……047
こだわる 拘る……048
こと 事……048
ことなる 異なる……048
こわれる 壊れる……049

さ行 關鍵字

さえぎる 遮る……050
さがす 探す……050
さからう 逆らう……051
さがる 下がる……051
さま……051
したがう 従う……052
したしい 親しい……052
しぬ 死ぬ……052
しめす 示す……053
しらせる 知らせる……053
しらべる 調べる……053
しる 知る……054
しるす 記す……055
すぎる 過ぎる……055
すくない 少ない……056
すごい……057
すてる 捨てる……057
する……058
すわる 座る……059
そだてる 育てる……059
そなえる 備える……059

た行 關鍵字

たしかめる 確かめる……060
だす 出す……060
たすける 助ける……060
たずさわる 携わる……061
たてる 立てる……061
たてる 建てる……061
たべる 食べる……062
ちいさい 小さい……063
ちかい 近い……063
つかう 使う……064
つぐ 次ぐ……064
つくる 作る……065
つたわる 伝わる……066
つづく 続く……066
つとめる 努める……066
つよい 強い……067
できる……067
でる 出る……068

とおる 通る 068
とき 時 069
ところ 所 069
ととのえる 整える 071
とまる 止まる・泊まる 071
とめる 止める 072
とる 取る 072

な行 關鍵字

ない 073
なおす 直す 074
なおす 治す 074
ながれる 流れる 074
なる 鳴る 075
ぬすむ 盗む 075
ねむる 眠る 075
のる 乗る 076

は行 關鍵字

はいる 入る 076
はえる 生える 077
はかる 計る 077
はじまる 始まる 078
はたらく 働く 078
はなす 話す 078
はなれる 離れる 079
はやい 早い・速い 080
はらう 払う 081
ひえる 冷える 081
ひかる 光る 082
ひと 人 082
ひとしい 等しい 083
ひらく 開く 083
ふるまう 振る舞う 083

ま行 關鍵字

まつる 祭る 085
まとめる 纏める 085
みちびく 導く 085
みる 見る 086
むかえる 迎える 086
むく 向く 087
むずかしい 難しい 088
もの 088
もよおす 催す 089

や行 關鍵字

やさしい 易しい 090
やめる 止める・辞める 090
よる 因る 090
よろこぶ 喜ぶ 091

わ行 關鍵字

わかい 若い 092
わかる 分かる 092
わける 分ける 093
わたし・あなた 私・貴方 093
わるい 悪い 094

類語單字

N4

Track-001

あう／合う　適合、一致、相稱

【式】
樣式，類型，風格★日本式の結婚式が行われている／日式婚禮正在舉行。

【適当】
（對於某條件、目的來說）適當，適合，恰當，適宜★次の三つの選択肢から適当なものを選びなさい／請從下列三個選項中選出適切的答案。

【映る】
相稱★桜子には白がよく映る／櫻子很適合白色。

【合う】
合適，適合；相稱，諧合★あの赤いドレスは彼女によく合う／那件紅色的禮服很適合她穿。

あがる／上がる　登上、舉高 上升、長進

【上げる】
舉，抬，揚，懸；起，舉起，抬起，揚起，懸起★警察だ。手を上げろ／我們是警察！把手舉高！

【立てる】
冒，揚起★あの人が捨てたタバコ、まだ少し煙を立てている／那人丟的香菸還冒著些許的煙。

【進む】
進步，先進★気象予報の技術が進んでいる／氣象預報的技術不斷進步。

【上がる】
上，登；上學；登陸；舉，抬★猫が、テレビの上に上がって人形を落とした／貓咪爬到電視機上把玩偶弄掉了。

あきなう／商う　經商

【貿易】
（進出口）貿易★日本と台湾の間では、貿易が盛んに行われている／目前日本和台灣之間貿易往來暢旺。

【経済】
經濟（商品的生產、流通、交換、分配及其消費等，這種從商品、貨幣流通方面看的社會基本活動）★彼は経済問題ばかりか、教育についても詳しい／他不僅通曉經濟問題，在教育方面也知之甚詳。

【品物】
物品，東西；實物；商品，貨，貨物★あと一ヶ月もすれば、冬の品物は安くなるだろう／再過一個月，冬季商品應該就會降價了吧。

【チェック】 check
支票★トラベラーズチェック／旅行支票。

【床屋】
理髮店★２ヶ月に一回ぐらい床屋に行きます／大約每兩個月上一次理髮廳。

【客】

顧客，主顧，使用者，客戶★そのイベントは沢山客を呼びました／那場活動招攬了許多客人。

【社長】

社長，公司經理，總經理，董事長★将来の夢は、大きい会社の社長になることです／未來的夢想是成為一家大公司的社長。

【主人】

主人，老闆，店主；東家★その店の主人は日本人の女性でした／之前這家店的老闆是位日本女生。

あじわう／味わう	品味

【味】

味，味道★この店は、おいしいし、味もいろいろあるから好きです／這家店的餐點不但好吃，還有各種口味可供選擇，所以我很喜歡光顧。

【ジャム】jam

果醬★ジャムがあるから、バターはつけなくてもいいです／已經有果醬了，不必再抹奶油也沒關係。

【味噌】

味噌，黃醬，大醬，豆醬★スプーンを使って、みそを量る／使用湯匙量味噌的份量。

【ケーキ】cake

蛋糕，洋點心，西洋糕點★初めてケーキを焼いてみました／第一次嘗試烤了蛋糕。

【うまい】

美味，可口，好吃，好喝，香★これ、食べてみると意外とうまいですね／這個嚐了一下，竟出乎意料的好吃呢。

【苦い】

苦的，苦味的★「いかがですか。」「少し苦いですが、おいしいです。」／「你覺得如何？」「雖然有點苦，但很美味！」

Track-002

あそぶ／遊ぶ	遊玩

【遊び】

遊戲，玩耍★子どもたちは、いろいろな遊びに夢中になっていました／孩子們顧著玩各種遊戲。

【玩具】

玩具，玩意兒★野菜や果物は本館の地下1階、おもちゃは新館の4階にございます／蔬菜和水果的賣場位於本館地下一樓，玩具賣場則位於新館四樓。

【人形】

娃娃，偶人；玩偶；傀儡★ひな祭りの人形を飾ったら、部屋がきれいになりました／女兒節的人偶一擺放出來，房間頓時變得很漂亮。

【親】

撲克牌的莊家★トランプの親／玩紙牌的莊家。

【打つ】
下（以敲打的動作做工作或事情）★碁を打つ／下圍棋。

あたえる／与える　給、給予

【お陰】
（神佛的）保佑，庇護；幫助，恩惠；托…的福，沾…的光，幸虧…，歸功於…；由於…緣故（他人的幫助及恩惠）★「あなたのおかげです」は、いいことについて相手に感謝を伝える言葉です／「託您的福」是用來向對方表達謝意的話語。

【ガソリンスタンド】（和製英語）gasoline+stand
加油站，街頭汽油銷售站（給車子加油之處）★バイクを買うために、一年間ずっとガソリンスタンドで働いていた／為了買一台摩托車，這一年來一直在加油站工作。

【遣る】
給★弟にお金をやる／給弟弟錢。

【上げる】
給，送給★僕は彼女にお花をあげました／我送了她一束花。

【差し上げる】
呈送，敬獻★この花を差し上げる／這是奉送給您的花。

【呉れる】
給（我），幫我★この本、田中先生に返してくれる？／這本書，可以幫我還給田中老師嗎？

【下さる】
送，給（我）；為「与える」和「くれる」的尊敬語★これは社長がくださった絵です／這是社長送給我的畫。

あつい／熱い　熱、燙

【暖房】
供暖；暖氣設備★この辺りは暖かいから、暖房はなくてもかまわない／這一帶很溫暖，不開暖氣也沒關係。

【熱】
熱，熱度★水に熱を加えると湯が沸く／把水加熱就會燒成熱開水。

【湯】
洗澡水★いい湯に入る／泡進溫度正好的洗澡水。

【ガソリン】gasoline
汽油★半年ほど、ガソリンの値段が上がり続けています／這半年以來，汽油的價格持續攀升。

【火事】
火災，失火，走火★地震や火事が起きたときのために、ふだんから準備しておこう／為了因應地震和火災的發生，平時就要預作準備。

【火】
火★火が消えた／火熄滅了。

【点く】

點著；燃起★台風のため、電気が点かないうえ、水道も止まった／颱風不僅造成停電，甚至導致停水。

【点ける】

點（火），點燃★タバコに火を点ける／點煙。

【焼く】

被太陽曬黑★肌を真っ黒に焼く／皮膚曬得黝黑。

あつかう／扱う	接待、對待

【具合】

方便，合適★今晩は具合が悪い／今晚沒有空(不方便)。

【都合】

(狀況)方便合適(與否)★妹は都合が悪くなったから、僕が行かされた／因為妹妹時間不方便，所以就派我去了。

【丁寧】

小心謹慎，周到，細心，精心★字はもっと丁寧に書きなさい／請更用心寫字。

【受ける】

接受，答應，承認★彼は電話を受けると、すぐ出かけて行った／他一接完電話就出門了。

Track-003

あつまる／集まる	聚集

【社会】

（某）界，領域★作家の社會を描く／描繪作家界的種種。

【会】

（為某目的而集結眾人的）會；會議；集會★大会で優勝するために、毎日練習しています／為了在大賽中獲勝，每天勤於練習。

【講堂】

禮堂，大廳★合唱コンクールの練習のために生徒たちが講堂に集められた／學生們為了合唱比賽的練習而齊聚在講堂裡。

【会場】

會場★会場には、1万人もの人が来てくださった／會場來了多達一萬人。

【席】

聚會場所★宴会の席へ出席しています／出席宴會。

【招待】

邀請★友達を家に招待しました／朋友邀請我去了他家。

【集める】

（人）集合，招集，吸引★客の注目を集める／吸引觀眾的注目。

あらい／粗い	粗略、隨便

【ばかり】
左右，上下，表示大約的數量★ 15 分ばかり待ってください／請等我 15 分左右。

【ほとんど】
幾乎（不），可能性微小★このお話はほとんど意味がない／這個故事幾乎沒有什麼意義。

【大体】
大致，大體，差不多★そこから映画館までは、だいたい 3 分くらいで着きます／從那裡去電影院，大約 3 分鐘就到了。

【適当】
酌情，隨意，隨便，馬虎，敷衍★適当な返事でイライラします／因敷衍了事的回答而感到心煩意燥。

あらがう／争う	競爭、爭奪

【点】
分，分數★ 1 点足りなくて、試験に落ちてしまった／我少了一分，沒通過考試。

【戦争】
戰爭，戰事；會戰；打仗★戦争のことは孫の代まで伝えていかなければならないと思っている／我認為戰爭的真相必須讓子孫了解才行。

【競争】
競爭，爭奪，競賽，比賽★どっちが勝つか、競争しよう／來比賽看誰贏吧！

【柔道】
柔道，柔術★相撲と柔道と、どちらが面白いですか／相撲和柔道，哪一種比較有意思呢？

【試合】
比賽★試合に勝つためには、不安をなくして、自信をつけましょう／為了贏得比賽，要趕走焦慮，培養信心！

【テニス】tennis
網球★学生の時はテニスサークルでいつもテニスをしていた／學生時代一天到晚在網球社裡打網球。

【テニスコート】tennis court
網球場★テニスコートは昼のように明るかった／網球場和白天一樣明亮。

【失敗】
失敗★朝から失敗ばかりで、気分が悪い／從早上就一直出錯，心情很糟。

【勝つ】
勝，贏★明日の試合に勝ったら、全国大会に行ける／明天的比賽如果獲勝，就能夠晉級參加全國大賽。

【負ける】
輸，敗★試合に負けたことはよくないが、経験になったことはよかった／比賽輸了雖然不好，卻能成為很好的經驗。

【参る】
認輸，敗★この安さで、どうだ、まいっ

たか／這麼便宜，怎麼樣，你認輸了吧？

【比べる】

比賽，競賽，較量，比試★根気を比べる／比耐性。

Track-004

ある	有、在、夠、普遍

【味】

趣味；妙處★味のある絵が素敵ですね／妙趣橫生的畫作真是賞心悅目。

【遊び】

間隙，游動，遊隙★ハンドルの遊びが大きい／方向盤連接處的縫隙很大。

【力】

權力；勢力；威力；暴力；實力★親の力で芸能界に入れた／靠著父母的力量進了演藝圈。

【お金持ち】

有錢的人，財主，富人★彼はお金持ちなのに、車も持っていない／他明明是個富翁，卻沒有車子。

【普通】

一般，普通；通常，平常，往常，尋常；正常★夫は、顔は普通だけれど、心の温かい人です／我先生雖然長相平凡，但是待人熱心。

【一般】

一般，普遍，廣泛，全般；普通（人），一般（人）★電池を一般ゴミに混ぜてはいけません／電池不可以丟進一般垃圾裡。

【空く】

有空閒★手がすいている時でいいです／手邊有空閒時就可以了。

【空く】

有空，有空閒，有時間★今度の土曜日は空いていますか／下星期六有空嗎？

【空く】

職位等出現空缺★部長のポストが空いている／部長的職位出現空缺。

【間に合う】

夠用，過得去，能對付★一時間あれば間に合う／有一個小時就夠用了。

【足りる】

數量足夠★一ヶ月ぐらいヨーロッパへ遊びに行きたいんですが、40万円で足りますか／我想去歐洲玩一個月左右，請問四十萬日圓夠嗎？

【残る】

剩下★今日の夕飯は、ゆうべ残ったカレーを食べよう／今天的晚飯吃昨天剩下的咖哩吧！

【ございます】

有；是；在★こちらが当社の新製品でございます／這是本公司的新產品。

あわせる／合わせる	配合、合併

【形】

形式上的，表面上的★形だけの夫婦／只是形式上的夫妻。

【習慣】
個人習慣★私は朝冷たいシャワーを浴びる習慣があります／我習慣早上沖個冷水澡。

【慣れる】
習慣，習以為常★部長に叱られるのは、もう慣れました／我已經習慣被部長罵了。

【間に合う】
趕得上，來得及★タクシーで行ったのに、パーティーに間に合いませんでした／我都已經搭計程車去了，還是來不及趕上宴會。

【済む】
過得去，沒問題；夠★朝食はパンとコーヒーで済ませた／早餐用麵包和咖啡打發了。

いい／良い　良好

【どんどん】
順利，順當★ネットで本がどんどん売れる／書本在網路上非常暢銷。

【是非】
是非；正確與錯誤，對與不對★是非をただす／辨別是非。

【興味】
興趣，興味，興致；興頭★私は子どもの頃から虫に興味があります／我從小就對昆蟲有興趣。

【宜しい】
好；恰好；不必，不需要★仕事があるところなら、どこでもよろしい／只要是有工作的地方，哪裡都可以。

【素晴しい】
（令人不自覺地感嘆）出色的，優秀的，令人驚嘆的，極優秀，盛大，宏偉，極美★スカイツリーの上から見た景色はすばらしいものでした／從晴空塔上面俯瞰的景色真是太壯觀了！

【正しい】
正確，對，確切，合理★選択肢の中では2が正しい／選項中的正確答案是2。

【美しい】
（精神上的、深刻動人的）美好，優美★花も美しい、月も美しい、それに気づく心が美しい／花美月也美，而能察覺到這一情境的心亦是優美純淨。

【美しい】
（視覺及聽覺上的）美，美麗，好看，漂亮★彼はいつも美しい女性を連れている／他身邊總是帶著漂亮的女生。

【優しい】
優美，柔和，優雅★安心する優しい声が聞こえる／可以聽到讓人感到安心的柔和聲音。

【適当】
（份量或程度等）正好，恰當，適度★適当な運動は健康に良い／適度的運動有益健康。

【慣れる】
熟練★病人の扱いに慣れた人／照看病人的老手。

【進む】
事情順利開展★会えなくても仕事が進む／不需面對面也可以讓工作順利進展。

【上げる】
變得更好、更出色，長進，進步★初めて演じた役柄で名を上げた／第一次飾演的角色讓名聲大噪。

【決まる】
得體，符合★背広が決まっている／西裝符合身型及體格。

【合う】
對，正確★何度やっても計算が合わない／算幾次都不對。

【足りる】
值得★彼は信頼するに足りる男だ／他是個值得信賴的男人。

Track-005

いう／言う	說、叫

【うん】
嗯，是；表回應★「先生、明日は大学にいらっしゃいますか。」「うん、明日も来るよ。」／「教授，請問您明天會到學校嗎？」「嗯，我明天也會來呀！」

【ああ】
啊；是；嗯；表回應★ああ、そうですか。じゃあ、待ちましょう／嗯，這樣啊，那等一等吧！

【発音】
發音★外国人には発音しにくい言葉があるので、そこが一番難しいです／有些外國人很難發音的詞句，那就是最難學的部分。

【挨拶】
賀辭或謝辭★皆様にご挨拶を申し上げました／我跟大家說了幾句謝辭。

【嘘】
謊言，假話★嘘ばかりつくと、人に嫌われるよ／如果老是說謊，就會被討厭喔！

【嘘】
不恰當，不應該，不對頭；吃虧★嘘の報告／不恰當的報告。

【失礼】
對不起，請原諒；不能奉陪，不能參加★「え、佐藤さんのお宅じゃありませんか。」「いいえ、うちは鈴木ですけど。」「あ、失礼しました。」／「咦，這裡不是佐藤公館嗎？」「不是，敝姓鈴木。」「啊，對不起。」

【謝る】
謝罪，道歉，認錯★謝れば済むことと、謝っても済まないことがある／有些事只要道歉就可以原諒，有些事就算道歉也不能原諒。

【おっしゃる】
說，講，叫★来週試験をすると先生がおっしゃった／老師說了下星期要考試。

【申す】
說；講，告訴，叫做；「する」的謙讓語★私は李と申します／敝姓李。

【申し上げる】
說，講，提及，說起，陳述★私が一番申し上げたかったことは、それはあくまでも噂ということだ／我最想申明的是，那只不過是謠言而已。

いきる／生きる	生存、生活、有生氣

【生活】
生活，謀生，維持度日的活動★あと三日、2,000円で生活しなければなりません／還有整整三天，只能靠這兩千日圓過活。

【社会】
社會，世間★大学を卒業して社会に出る／大學畢業後進入社會。

【世界】
世界，全球，環球，天下，地球上的所有的國家、所有的地域★世界を知るために、いろいろな国へ行ってみたい／我想去許多國家來認識這個世界。

【気】
氣息，呼吸★気が詰まりそうな雰囲気／令人窒息的氣氛。

【代】
輩，時代，年代；統治時代★私の家族は、祖父の代からこの村に住んでいる／我們家族從爺爺那一輩就住在這座村子裡了。

【盛ん】
繁榮，昌盛；（氣勢）盛，旺盛★この辺は昔から商業が盛んで、とても賑やかだった／這一帶從以前就是商業興盛之地，熱鬧非凡。

【生きる】
活，生存，保持生命★おばあさんは百歳まで生きました／奶奶活到了一百歲。

【生きる】
生活，維持生活，以…為生；為…生活★イラスト1本で生きる／靠畫插畫維持生活。

【送る】
度過★ここは私が少年時代を送った家です／這是我少年時期曾經住過的房子。

Track-006

いく／行く	前往、去

【特急】
特快，特別快車★池袋へ行くには特急に乗るのが一番早いですか／要去池袋的話，搭特快車是最快的方式嗎？

【留守】
不在家★部屋の電気が消えているから、山田さんは留守だろう／既然房間裡的電燈沒亮，山田小姐應該不在吧。

【出発】
出發，動身，啟程，朝目的地前進★出発の時間が30分早くなりました／出發的時間早了30分鐘。

【途中】
途中，路上；前往目的地的途中★八百屋に行く途中、ケーキ屋でアイスクリームを買った／前往蔬果店的途中，我在蛋糕店買了冰淇淋。

【いらっしゃる】
去；為「行く」的尊敬語★大森へいらっ

しゃる方は、中山駅で乗り換えてください／前往大森的乘客請在中山站換車。

【おいでになる】

去★部長は来月アメリカへおいでになる／部長下個月要去美國。

【参る】

去；來★部長が病気のため、私が参りました／因為部長生病，所以由我代理前往了。

【上がる】

去，到★日曜日お宅へあがってもいいですか／星期天到您家裡去拜訪可以嗎？

【邪魔】

訪問，拜訪，添麻煩★明日、ご自宅にお邪魔してもいいですか／明天想到貴府拜訪，方便嗎？

【訪ねる】

訪問，拜訪★大学の先生を訪ねる／拜訪大學教授。

【伺う】

拜訪，訪問★昨日、社長のお宅に伺いました／昨天到社長家拜訪了。

【向かう】

出門；前往★「もしもし、今どこですか。」「今、車でそちらに向かっているところです。」／「喂？你現在在哪裡？」「現在正開車前往你那邊。」

【寄る】

順便去，順路到★買い物に行く途中で、美容院に寄るつもりだ／我打算去購物的途中順便繞到美髮沙龍。

【送る】

送；寄，郵寄；匯寄★プレゼントをもらったので、お礼の手紙を送った／由於收到了禮物，所以寄了信道謝。

【連れる】

帶，領★昨日は子どもを病院へ連れて行きました／昨天帶孩子去了醫院。

【通う】

往來，來往；通行★新宿・上野間を通うバス／來往於新宿及上野間的巴士。

【通う】

上學，通學；上班，通勤★このごろ、バスをやめて、自転車で学校に通い始めた／這陣子開始不搭巴士，改騎自行車上學了。

いそぐ／急ぐ	趕緊、著急

【急】

急，急迫；趕緊★急な用事ができたため、今日は休ませてください／因為出了急事，今天我想請假。

【急行】

急往，急趨★事故の現場に急行する／奔赴事故現場。

【急ぐ】

快，急，加快，著急；為早點達成目的的行動★あの、これ、いつできますか。ちょっと急いでるんですけど／不好意思，請問什麼時候可以完成呢？我時間有點趕。

【騒ぐ】
慌張，著忙；激動，興奮不安★彼の声を聞くだけで心が騒ぐ／光聽到他的聲音就感到心慌意亂。

いなむ／否む	拒絕、否定

【そんな】
哪裡，不會★「お上手ですね。」「いいえ、そんな。」／「您真厲害。」「不，哪裡。」

【全然】
全然，完全，根本，簡直，絲毫，一點（也沒有）★フランス語は全然分かりません／我完全不會講法語。

【ちっとも】
一點（也不），一會兒也（不），毫（無）；總（不）★皆が彼はすごいと言うけど、私はちっともすごいと思わない／大家都說他很厲害，我卻一點都不覺得他厲害。

【そんなに】
（不用、無需）那麼，那麼樣；程度不如想像★そんなに食べられないから、1個でいいわ／吃不了那麼多，給我一個就夠了。

【不便】
不便，不方便，不便利★この掃除機、少し重いので、お年寄りにはちょっと不便かもしれません／這台吸塵器有點重，老人家可能不太方便使用。

Track-007

いる	在、有

【留守】
看家，看門★みんな、留守を頼む／大夥們，這邊就請大家照應啦。

【住所】
住址，地址；住所★あなたのお名前とご住所を伺います／請教您的大名和住址。

【アドレス】address
住址★アドレスをカタカナで書く／用片假名寫地址。

【メールアドレス】mail address
電子信箱；電子郵箱★僕のメールアドレスを教えますから、なにか書くものはありますか／我把電子郵件信箱留給你，有沒有紙筆呢？

【居る】
有，在★社長はただいま、出かけております／社長目前不在公司裡。

【いらっしゃる】
在；為「いる・ある」的尊敬語★加藤さんはいらっしゃいますか／加藤先生在嗎？

【おいでになる】
在★田中社長はおいでになりますか／田中社長在嗎？

【頑張る】
不動，不走，不離開★入り口に警備員

がいばっている／門口有守衛監視著。

いれる／入れる　入、放入、包進

【財布】

錢包，錢袋；腰包★この財布は大きくて使いやすい／這個錢包容量大，方便使用。

【ファイル】file

文件夾；講義夾★ファックスしてから、ファイルに入れておいてください／傳真後，請放進文件夾歸檔。

【キーボード】keyboard

鍵盤，電子鍵盤★こちらのキーボードは軽くて打ちやすいですよ／這種鍵盤不但輕又很好打喔！

【ラップ】wrap

（食品包裝用的）保鮮膜；用保鮮膜包★残りの食材はラップに包んで冷蔵庫に入れる／剩下的食材用保鮮膜包起來放進冰箱裡。

【注射】

注射，打針★男の子は注射器を見て激しく泣き出した／小男孩一看到針筒就放聲大哭了。

【入力】

輸入★名字を平仮名で入力してください／請用平假名輸入名字。

【挿入】

插入，裝入；填入★本文の最後に広告を挿入してください／請在內頁的最後插入廣告。

【打つ】

打或以類似打的動作，一下子打進去★注射を打たなくても、治す方法はないのか／有沒有不打針就能治好的方法？

【包む】

包；裹；包上；穿上★黒い毛皮のコートに身を包んだ女性は俳優です／那位身穿黑色毛皮大衣的女人是演員。

うける／受ける　承接、接受

【受付】

受理，接受★願書の受付は十月一日からです／從 10 月 1 日開始受理申請。

【受信】

收信；收聽★受信した中国語のメールが文字化けしてしまった／收到的中文電子郵件變成亂碼了。

【頂く・戴く】

領受，拜領，蒙賜給；要★丁寧に教えていただいて、よく分かりました／承蒙詳細告知，這樣我清楚了。

【受ける】

遭受★多くの傷を受けた／多處受傷。

【受ける】

繼承，接續★父のあとを受けて社長となる／接父親的後任當社長。

【受ける】
應試；應考★模擬試験を受ける／報考模擬考試。

【受ける】
受歡迎★一般大衆に受ける／受一般群眾歡迎。

【持てる】
受歡迎，吃香；受捧★学生に持てる先生になりたい／想成為廣受學生歡迎的老師。

⊙Track-008

うごかす／動かす	活動、操作

【機械】
機器，機械★機械を動かす／開動機器。

【ソフト】soft
軟體★機械に問題はないが、ソフトに問題があるようだ／機器本身沒有問題，但是軟體似乎有問題。

【スタートボタン】start button
開始按鈕；起始按鈕★この機械の赤いスタートボタンを押したら、電気が付きますよ／只要按下這部機器的紅色啟動按鈕，就會亮起來囉！

【運動】
（向大眾宣揚某想法的）運動，活動★選挙運動で注意すべきことはありますか／選舉運動有什麼需要注意的地方呢？

【運転】
開，駕駛，運轉，操作機械使其工作，亦指機械轉動★車を運転したければ、免許を取らなければならない／想開車的話，就非得考到駕照不可。

【クリック】click
（電腦滑鼠）點擊，按按鈕★スタートボタンを右クリックすると、スタートメニューが出てきます／移到起始按鈕按下右鍵，就會出現起始表單。

【保存】
保存★PCに資料を保存します／把資料存在PC裡。

【折る】
折疊★新聞紙を二つに折って植物をはさむ／把報紙折疊成兩折，把植物夾入其中。

【点ける】
打開★昨夜テレビをつけっぱなしにして、寝てしまった／昨晚沒關電視就睡著了。

【捕まえる】
捉住動物，逮住；捕捉動物或犯人★虫を捕まえるなど、気持ち悪くてだめです／抓蟲子實在太噁心了，我辦不到。

【打つ】
使勁用某物撞他物，打，擊，拍，碰★満塁だ。打て、打て、たかはしー／滿壘了！揮棒啊、揮棒啊，高橋——！

【捨てる】
置之不理，不顧，不理★親は自分の命を捨てても子どもを守るんだよ／父母往往不顧自己的性命，也要保護孩子萬全。

【投げる】
投，抛，扔，擲★槍投げとかボール投げとか、物を投げるスポーツは多い／擲標槍和投球等等，投擲物體的運動有很多種。

【踏む】
踏，踩，踐踏；跺腳★カーブの途中でブレーキを踏むと、車は曲がらなくなって危ないです／在過彎時踩煞車，可能導致車子無法順利轉彎，很危險的。

【動く】
有目的的行動★地域のために動いたが、失敗した／為了地區而行動，卻失敗了。

【落とす】
使降落，弄下，往下投，摔下★都市に爆弾を落とす／於都市上空扔炸彈。

うごく／動く　動、搖動、變動

【どんどん】
旺盛，旺，熱火朝天；茁壯★暑くなってくると、草がどんどん伸びます／天氣一熱起來，草木便生長旺盛。

【地震】
地震，地動★地震だ。机の下に入れ／地震！快躲到桌下！

【踊り】
舞，舞蹈，跳舞★3歳から踊りを習い始めました／從三歲開始學習舞蹈。

【水泳】
游泳★泳げないから、水泳の授業は嫌いです／因為不會游泳，所以討厭上游泳課。

【運動】
運動，體育運動★週に3回、運動するようにしている／我現在每星期固定運動三天。

【掛ける】
開動（機器等）★車のエンジンを掛ける／發動車子的引擎。

【動く】
動，形體位置不靜止而變動★雲が動く／雲朵飄動。

【動く】
移動，挪動★ここを動きたくない／不想從這裡挪動。

【踊る】
跳舞，舞蹈★社長がお酒を飲んで踊るのを見たことがありますか／您看過社長邊喝酒邊跳舞的模樣嗎？

【駆ける・駈ける】
跑，快跑，奔跑★家に帰ると犬のシロが駆け寄ってきた／一回到家，愛犬小白立刻衝了過來。

【回る】
轉，旋轉，回轉，轉動★お茶を飲むときは、おちゃわんを2回回して、それから飲みます／喝茶的時候要將茶碗轉兩次，然後啜飲。

【回る】
繞彎，繞道，迂回★十字路を左へ回る

／在十字路口往左轉。

【滑る】
（在物體表面）滑行，滑動★かっこよく氷の上を滑ろうとして転んだ／想在冰上帥氣地滑行，沒想到卻跌了一跤。

【滑る】
站不住腳，打滑★滑って転んでしまい、恥ずかしさで死にそうだった／不慎腳滑摔倒了，羞得我簡直想死。

【倒れる】
倒，塌，倒毀★大雨で家が倒れた／房屋因大雨倒塌了。

【揺れる】
搖晃，搖擺，擺動，搖盪；晃蕩，顛簸；動搖，不穩定★「今朝大きな地震があったよね！」「ええ、久しぶりに結構揺れたわ。」／「今天早上發生了大地震對吧！」「是呀，好久沒搖得那麼厲害了。」

【逃げる】
逃走★地震のとき、エレベーターで逃げてはいけません／地震發生時不可以搭乘電梯逃生。

【降りる】
下交通工具；從上方下來，降，降落★電車を降りて、そこからバスに乗る／下電車，再搭公車。

【降りる】
指露、霜等生成於地上或空中★昨日は霜が下りていた／昨天降了霜。

【進む】
進，前進★ 800 メートルくらい進み、橋を渡ると、左にテニスコートがあります／往前走 800 公尺左右，過橋後的左邊有一座網球場。

【折れる】
拐彎★十字路で右に折れる／在十字路口向右拐。

【折れる】
折疊★紙幣がふたつに折れている／紙幣對折了。

【運ぶ】
進展（事物按照預期順利進展）★事がうまく運ぶ／事情進展順利。

【落ちる】
落下，降落，掉下來，墜落；沒考中；落選，落後★木の葉が道に落ちていました／樹葉飄落路面了。

Track-009

うつす／移す	移動、搬遷、改變

【エスカレーター】escalator
自動扶梯★顔や手をエスカレーターの外に出して乗ると、たいへん危険です／搭乘手扶梯時如果把頭或手伸出去，將會非常危險。

【送る】
傳送；傳遞；依次挪動★バケツを手で送る／用手傳遞水桶。

【運ぶ】
運送，搬運★会議のために椅子とテーブルを運んでください／為了布置會議場地，請將椅子和桌子搬過來。

【移る】
移動★もっと女性に働きやすい職場に移りたいと思います／我想要換到更適合女性工作的職場做事。

【変える】
變更（地點、物品的位置）★会場を変える／變更會場。

【変わる】
改變地點，遷居，遷移★新しいビルに変わる／遷入新大樓。

【動く】
調動，調轉，離開，向新的場所或地方遷移★支社へ動く／調往分公司。

【引っ越す】
搬家，搬遷，遷居★今、アパートを引っ越そうと思ってるんだよ／我正在考慮搬離公寓呢。

うつす／映す・写す	映、照

【鏡】
鏡子★ここに鏡を掛けようと思う／我想在這裡掛上鏡子。

【スクリーン】screen
銀幕；電影界；螢幕★スクリーンは映画などを映す幕やテレビの画面のことだ／銀幕（螢幕）是指播映電影的布幕或是電視機的畫面。

【写す】
拍照★「写真を写す」と「写真を撮る」は同じ意味です／「拍相片」和「照相片」是相同的意思。

うむ／生む	生產、孕育

【女性】
女性，婦女★会場には日本の着物を着た女性も見えました／會場裡也看到了身穿日本和服的女性。

【男性】
男性，男子★女性の服は本館の 3 階、男性の服は本館の 4 階です／仕女服專櫃位於本館三樓，紳士服專櫃位於本館四樓。

【子】
子女★うちの子が、悪いことをするはずがありません／我家的孩子不可能做壞事！

【親】
雙親；父母，父親，母親★親に反対されて、彼女と結婚できなかった／由於遭到父母的反對，以致於無法和她結婚了。

【祖父】
爺爺，祖父，老爺，外祖父★祖父を東京見物に連れて行く／我要帶爺爺去東京觀光。

【祖母】
祖母，外祖母★祖母は料理が好きで、よく私に教えてくれた／奶奶喜歡下廚，時常教我做菜。

【赤ちゃん】
小寶寶，小寶貝，小娃娃，嬰兒★姉の赤ちゃんはよく笑います／姐姐生的小寶寶很愛笑。

【赤ん坊】
嬰兒，乳兒，小寶寶，小寶貝，小娃娃★うちの赤ん坊はまだしゃべれない／我家寶寶還不會說話。

【お子さん】
（您的）孩子，令郎，令愛★洗濯とか、掃除とか、お子さんにさせるんですか／請問您會讓孩子幫忙洗衣服或是掃地等家務嗎？

【息子さん】
您兒子★これが、山田先生の奥さん。で、こっちが息子さんの誠君／這位是山田老師的夫人，然後這一位是他們的少爺小誠。

【娘さん】
您女兒★娘さんはあなたに似て、とてもかわいいです／令千金長得像您，可愛極了。

【お嬢さん】
令愛，（您的）女兒；千金★上のお嬢さんたち二人はお母さんより大きいですけど、高校生ですか／您的大千金和二千金都比母親長得高，兩位都是高中生嗎？

【出来る】
有了（孩子），發生（事情）★二人の間に子どもができた／兩人有了孩子。

Track-010

うやまう／敬う	尊敬

【お待たせしました】
讓您久等了★お待たせしました。どうぞお入りください／讓您久等了，請進。

【畏まりました】
（敬語）知道了★かしこまりました。あさってまでにお渡しします／瞭解了，後天之前會交給您。

【でございます】
是，在★山田産業の加藤でございます／我是山田產業的加藤。

【御】
表示尊敬；表示禮貌之意★ご主人の社長就任、おめでとうございます／恭喜尊夫君就任社長！

【丁寧】
很有禮貌，恭恭敬敬★丁寧な言葉を使う／說話有禮貌。

【大事】
重要，要緊，寶貴，保重，愛護★ジュースが倒れて、大事な書類が汚れてしまった／打翻了果汁，把重要的文件弄髒了。

【珍しい】
珍奇，稀奇★珍しい動物が見られる／可以看到珍奇的動物。

【挨拶】
打招呼，寒暄語★大きな声で挨拶しましょう／要大聲向人家問好喔！

【祈る】
祈求，祝願，希望；祈禱，禱告★道中のご無事をお祈り申し上げます／為您祈求一路平安。

【褒める】
讚揚，稱讚，讚美，褒獎，表揚，高度評價人和事★先生から「絵がうまい、絵がうまい」と褒められた／老師稱讚了我：「畫得真好、畫得真好！」

うる／売る　銷售

【輸出】
輸出，出口★ 1996 年からは、米の輸出がまた増えてきました／自 1996 年起，稻米的外銷量又增加了。

【店員】
店員，售貨員★店員：「袋に入れますか。」客：「いいえ、そのままでいいです。」／店員：「要不要幫您裝袋？」顧客：「不必，我直接帶走就好。」

【売り場】
出售處，售品處，櫃檯★お客様にお知らせします。先月、売り場が変わりました／敬告各位貴賓，專櫃已於上個月異動。

【スーパー】 supermarket 之略
超市★このスーパーなら、金曜日に買うと新鮮な野菜が買える／假如挑星期五上這家超市，就能買到新鮮的蔬菜。

【バーゲン】 bargain sale 之略
大拍賣，廉價出售★バーゲンセールに賢い観光客がおおぜい来た／特賣會時來了很多懂得精打細算的觀光客。

【食料品】
食品★故郷の母から、衣類や食料品が送られてきた／媽媽從故鄉寄來了衣服和食物。

える／得る　獲得、得到

【時給】
計時工資★時給 2000 円ならすぐ人が見つかりますよ／如果時薪給到兩千日圓，一定立刻就能找到人手喔！

【受ける】
承蒙，受到；接到；得到；奉★弟子となって、師の教えを受ける／成為弟子，受教於老師。

【もらう】
領到，收受，得到★友達に台湾みやげのウーロン茶をもらいました／我收到了朋友從台灣帶來的烏龍茶伴手禮。

【拾う】
弄到手，意外地得到；接（發球）★先生のおかげで娘は命を拾った／多虧醫生讓女兒撿回了一條命。

【拾う】
拾，撿★拾ったカバンの中には 1 万円が入っていた／撿到的提包裡裝了一萬日圓鈔。

【拾う】
招呼交通工具；挑出，選出，揀出★ちょっと遠いから、タクシーを拾いましょう／距離有點遠，攔輛計程車吧。

【釣る】
釣魚★その旅館では、窓から魚を釣れるらしい／聽說那家旅館可以在窗前釣魚。

【上がる】
被找到（發現）；被抓住★犯人が上がった／犯人被抓到了。

Track-011

おおい／多い	多的

【ほとんど】
大體，大部分★テストはほとんど分からなかった／考題幾乎都不會寫。

【中々】
頗，很，非常；相當★扇風機だけの夏はなかなか暑かったです／只有電風扇的夏天，相當熱啊！

【大分】
很，相當地★どうしたの。だいぶ具合が悪そうだね／怎麼了？看你好像身體很不舒服的樣子。

【十分】
十分，充分，足夠，充裕★今出れば、2時の会議に十分間に合いますよ／現在出門的話，距離2點開會還有相當充裕時間喔。

【以上】
以上，不少於，不止，超過，以外；以上，上述★日本では、6月から8月はかなり暑くて、30度以上の日も多いです／在日本，從6月到8月都相當炎熱，經常出現30度以上的氣溫。

【億】
指數目非常多★億兆の兵士／士卒數目龐大。

【一杯】
滿，充滿於特定場所中★とても天気のよい日だったので、公園は人でいっぱいだった／由於天氣很好，公園到處都是人。

【一杯】
數量很多★部屋に蚊がいっぱい入ってしまった／房間跑進了許多蚊子。

【深い】
濃厚★深い霧がかかる／濃霧籠罩。

【多い】
多的，數目或者分量大，數量、次數等相對較大、較多★京都は、神社と寺とどちらが多いですか／請問京都的神社和寺院，哪一種比較多呢？

【過ぎる】
超過；過度；過分；太過★新しい言葉が多すぎて、どうしても全部覚えることができない／新的詞彙太多，怎麼樣都沒辦法全部背下來。

【勝つ】
超過；超越★世界で強豪国に勝つのも

夢じゃない／超越世界上實力堅強的強國也不再是夢想。

【足りる】
（對於正在做的事情來説是）夠用的、可以的★今のところ人が足りているので、大丈夫です／目前人手夠用，沒問題。

おおきい／大きい　大的、高的

【大匙】
湯匙，大型的匙子★料理するとき大匙を使う／做料理時使用大湯匙。

【大きな】
大，巨大，重大，偉大★大きな荷物／大件行李。

【深い】
（顏色、深度、輪廓等）深★湖の深さを測ると、300 メートルもありました／測量湖水的深度後發現，居然深達 300 公尺。

【太る】
胖，發福；肥★太って、スカートがきつくなってしまった／胖了以後，裙子變緊了。

おく／置く　置、放置、裝置

【デスクトップ】desktop
桌上型電腦★かわいいお花のかたちの時計をデスクトップに置いてみました／在桌上電腦設置了可愛的花型時鐘。

【棚】
棚，架；擱板，架子★棚から荷物を下ろします／從架子把東西搬下來。

【インストール】install
裝置；安裝；裝配；備用；建立★ソフトをインストールしたら、パソコンが動かなくなってしまった／把軟體灌進去以後，電腦就當機了。

【植える】
栽種，種植★この池の前に、木を植えようと思っています／我打算在這個池塘的前面種樹。

【付ける】
安上，安裝上；連接上；掛上；插上；縫上★トイレには、窓をつけたほうがいいですか／廁所最好安裝上窗戶嗎？

Track-012

おくる／送る　送、寄送、送（人）

【仕送り】
匯寄生活補貼★親の仕送りを受けずに大学を卒業した／沒有讓父母補貼生活費，憑一己之力讀到了大學畢業。

【車内アナウンス】しゃない announce
車內廣播★間もなく小田原に到着致します、との車内アナウンスが流れた／電車放著「即將抵達小田原」的車內廣播。

【放送】
廣播，播出；在電視上播放；收音機播

送；用擴音器傳播，傳佈消息★夕飯の時間にこんな番組を放送してはいけない／晚餐時段不可以播映這種節目。

【インターネット・ネット】internet
網路★赤ちゃんの名前をインターネットで調べてみた／在網路上搜尋了新生兒的姓名。

【メール】mail
郵政；郵件，短信★何度も連絡したのに、いくら時間がなくても、メールを見るぐらいできるでしょう／都已經聯絡那麼多次了，再怎麼沒空，至少也要看一下郵件吧？

【差出人】
發信人，寄信人，寄件人★はがきを書くときは、差出人の名前ははがきの表に書きます／寫明信片的時候，寄件者的姓名要寫在明信片的正面。

【宛先】
收信人的姓名、地址★手紙の宛先を間違えて、戻ってきてしまった／寫錯信件收信人的地址，結果被退回來了。

【転送】
轉送；轉寄；轉遞★パソコンから iPad へ写真や音楽を転送した／從電腦傳送了照片和音樂檔到 iPad 裡。

【送信】
（通過無線）發報；（通過有線或無線）播送；（通過電波）發射★メールを間違って、送信してしまった／我寄錯電子郵件了。

【送る】
送（人），送行，送走；伴送★日本に帰る彼女を飛行場まで送った／我送要回去日本的她到了機場。

【出す】
寄，郵送；發送★家族が死んだら、次の年の年賀状は出しません／假如適逢服喪期間，隔年就不寄送賀年卡。

【届ける】
送到；送給；送去★今週中にこのテレビを届けてもらえますか／這台電視機可以在本週內送來嗎？

【打つ】
送出，打，輸入★電報を打つ／打電報。

【遣る】
派去，派遣，送去，打發去★娘をアメリカの学校へやる／送女兒去美國上學。

おくる／贈る	贈與

【お土産】
土產；當地特產★お土産は、きれいなハンカチを 2 枚買いました／買了兩條漂亮的手帕當作伴手禮。

【プレゼント】present
贈送禮物，送禮；禮品，贈品，禮物★この番組を聞いているみなさんに、チケットをプレゼントします／本節目將會致贈票券給正在收聽的各位聽眾。

【お祝い】

祝賀的禮品★引っ越しのお祝いに、鏡をもらった／人家送了我鏡子作為搬家的賀禮。

【御礼】

謝禮，酬謝，為表示感謝而贈送的物品★お礼に、これを差し上げます／送給您此禮，表示我的一點謝意。

【贈り物】

禮物，禮品，贈品，獻禮★結婚祝いにどんな贈り物をしようか。困っています／到底該送什麼作為結婚賀禮呢？真傷腦筋。

おこす／起こす	引起、喚起、創立

【致す】

引起，招致，致★彼を死に致す／讓他死亡。

【始める】

開創，創辦★自分で商売を始める／自己經商。

【起こす】

湧起情感；自然的湧出、生起；因某事而引起；惹起不愉快的事情；精神振奮起來★彼女は私にやる気を起こさせてくれた／她讓我重新燃起了動力。

【起こす】

喚起，喚醒，叫醒★降りる時に起こしてください／下車時叫我起來。

Track-013

おしえる／教える	教授

【育てる】

教育，培養★自分で学んでいける生徒を育てる／培養出自動自發學習的學生。

【教育】

學校教育；（廣義的）教養；文化程度，學力★うちの会社では社員の教育に力を入れています／我們公司對於員工教育不遺餘力。

【テキスト】text

教科書，教材，課本，講義★テキストの 12 行目を読んでください／請讀教科書的第 12 行。

【校長】

校長★校長先生が話されます。静かにしましょう／校長要致詞了，大家保持安靜！

【小学校】

小學校★小学校入学のとき買ってもらった机を、今でも使っている／進入小學就讀時家裡買給我的書桌，直到現在都還在用。

【中学校】

初級中學，初中，國中★天気が良かったら、午前 10 時までに中学校にお集まりください／如果天氣晴朗，請在早上 10 點前到中學集合。

【高校・高等学校】

高級中學，高中★こんにちは。ゆきえ

です。17 歳です。高校 2 年生です／大家好，我叫雪繪，今年 17 歲，是高中二年級學生。

【学部】
院；系★医学部に入るには、いい成績で、さらに、態度も良くなければならない／想進入醫學系必須成績優異，並且態度也要謙恭才行。

【講義】
講義；大學課程★火曜日は 9 時から講義がある／星期二從 9 點開始上課。

【入門講座】
初級講座★それは初心者にも分かりやすい入門講座です／那是初學者也能夠輕鬆聽懂的入門講座。

おそい／遅い　緩慢、晚的

【そろそろ】
漸漸，逐漸；慢慢地，徐徐地★そろそろ涼しくなってきた／天氣越來越涼了。

【夕べ】
昨晚，昨夜★夕べ遅く、知らない電話番号から電話がかかってきて、出ないことにした／昨天深夜收到一通陌生號碼打來的電話，我沒有接聽。

【夕べ】
傍晚★秋の夕べが美しい／秋天黃昏無限好。

【遅れる】
鐘錶慢了★この時計は 5 分遅れている／這隻錶慢了 5 分鐘。

【遅れる】
沒趕上；遲到；誤點，耽誤；時間晚了★ 10 時から会議です。遅れないように／ 10 點開始開會，請切勿遲到。

【暮れる】
日暮，天黑，入夜★日が暮れたのに、子どもが帰って来ません／太陽都下山了，孩子卻還沒有回來。

おどろく／驚く　感到驚訝、意外

【あっ】
啊，呀，哎呀，感動時或吃驚時發出的聲音★あっ、雨だ！どうしよう、傘がない／啊，下雨了！我沒帶傘，怎麼辦？

【けれど・けれども】
雖然…可是，但是，然而★ぶどうはおいしいけれど、ちょっと高い／葡萄雖然好吃，但有點貴。

【割合に】
表示與其基準相比不符；雖然…但是；等同於「けれど」★今年は忙しかった割合に、利益が上がらなかった／今年雖然很忙，但是收益卻沒有增加。

【びっくり】
吃驚，嚇一跳★その店のラーメンのおいしいのには、びっくりさせられた／我被那家店的拉麵美味的程度給嚇了一跳。

【凄い】

可怕的，駭人的；陰森可怕的★夫の帰りが遅いため、妻が凄い顔をしている／因為老公回來得晚，老婆板著一張臉。

【怖い】

令人害怕的；可怕的★台風が来て、うちの子は雨や風の音を怖がった／颱風肆虐，我家的孩子被雨聲和風聲嚇壞了。

【驚く】

嚇；驚恐，驚懼，害怕，吃驚嚇了一跳；驚訝；驚奇；驚歎，意想不到，感到意外★急に肩をたたかれて驚いた／忽然被人拍了肩膀一下，我嚇了一跳。

Track-014

おもう／思う	想像、感覺

【うん】

嗯嗯，哦，喔；表示思考★「もうタイ語、読めるようになった?」「うん、まだ習い始めたばかりだから…」／「讀得懂泰語了嗎？」「嗯…我才剛學沒多久…」

【やはり】

果然★ドラマより、やはり元の小説のほうが、いろいろ想像することができていいです／比起影集，還是看原著小說更有想像空間。

【すると】

那，那麼，那麼說來，這麼說來★すると、彼はそれに気づいたのか／這麼說來，那件事被他察覺了是嗎？

【つもり】

打算★大学には進学せずに、就職するつもりです／我不打算上大學，想去工作。

【気分】

氣氛，空氣★ロマンチックな気分になる／沈浸在浪漫的氛圍中。

【空気】

氣氛★発表中、緊張した空気が流れていました／發表中，充滿了緊張的氣氛。

【気】

氣氛★人の言うことを気にしている／在意著別人說的話。

【心】

心情，心緒，情緒★悲しい話に心が引かれる／被悲傷的故事感染了情緒。

【心】

心地，心田，心腸；居心；心術；心，心理★心の優しい人が好きだ／我喜歡心地善良的人。

【気持ち】

精神狀態；胸懷，襟懷；心神★気持ちを新たにする／重新振作精神。

【心配】

擔心，掛心，掛念，牽掛，惦記，掛慮，惦念；害怕；不安；憂慮★今のところ大きな地震の心配はありませんが、注意が必要です／目前雖不必擔心會發生大地震，但還是需要小心。

【可笑しい】

可疑★様子のおかしい男がカメラに向かってピースしている／行徑可疑的男

子面對攝影機擺出 V 字手勢。

【可笑しい】

可笑，滑稽★この映画はおかしすぎます／這部影片太滑稽有趣了。

【間違える】

弄錯，搞錯★おつりの計算を間違えて、叱られた／因為找錯零而挨罵了。

【上がる】

怯場，失掉鎮靜，緊張★彼は人前だと上がってしまう／他一到人前就會怯場。

【思う】

預想，預料，推想，推測，估計，想像，猜想★この雨は 1 時間ぐらいでやむだろうと思う／這雨我想大概一個小時左右就會停了。

【思う】

相信，確信★彼が悪いことをするとは思わない／我不相信他會做壞事。

【思う】

想，思索，思量，思考★携帯電話を新しいのにしようと思う／我打算換一支新手機。

【決まる】

一定是★夏は暑いに決まっている／夏天當然熱了。

【決める】

獨自斷定；認定；自己作主★自分の意見が正しいと決めてかかる／獨自斷定自己的意見是正確的。

【思い出す】

記起，回憶起★この歌手の名前がどうしても思い出せない／我怎麼樣都想不起來這位歌手的名字。

Track-015

おわる／終わる　結束

【てしまう】

完了，光了，盡了（為補助動詞，表示該動作全部結束或該狀態完成，往往表示某事的非自願發生）★この暑さで、パンにかびが生えてしまった／在這麼熱的氣溫下，麵包發霉了。

【すると】

於是，於是乎★僕は彼女にお花をあげました。すると、彼女はニッコリ笑って花を受け取りました／我送了她一束花，然後她就微笑收下了。

【到頭】

終於，到底，終究，結局★ 1 年もかかったけど、とうとう治った／耗費了一整年，終於把病治好了。

【終わり】

終，終了，末尾，末了，結束，結局，終點，盡頭★私の話を終わりまで聞いてください／請聽完我的話。

【終わり】

末期；一生的最後★ペットの命の終わりを迎えた／迎來寵物的離世。

【最後】

最後，最終，最末★最後に帰る人は、部屋の電気を消してください／最後離開的人請關室內燈。

【以上】
終了，以上（寫在信件、條文或目錄的結尾處表示終了）★以上、よろしくお願い致します／以上（終了），請多指教。

【終電】
末班電車★彼は 23 時 40 分の終電に間に合わなかった／他沒趕上 23 點 40 分的最後一班電車。

【卒業】
體驗過，過時，過了階段★ゴルフはもう卒業した／我已經不再打高爾夫了。

【暮れる】
即將過去，到了末了★お歳暮を頂きました。今年も暮れる時期ですね／收到您的年終禮品，今年也到年終了。

【済む】
完了，終了，結束★手術無事に済んだ／手術順利完成。

【済む】
（問題、事情）解決，了結★トラックに引きずられたが，幸い足に軽い怪我だけですんだ／被貨車撞倒拖行，所幸只有腳受了輕傷而已。

【上がる】
完，了，完成；停，住，停止；滿，和★彼は仕事が上がると、すぐジムに向かった／他工作一結束，馬上前往健身房。

【落ちる】
落入★会社が人手に落ちる／公司落入他人的手裡。

【片付ける】
解決，處理★トラブルを片付ける／處理糾紛。

かえる／返る	返回、恢復、歸還

【お釣り】
找的零錢，找零頭★このボタンを押すと、お釣りが出ます／只要按下這顆按鈕，找零就會掉出來。

【直る】
復原，恢復原來良好的狀態★仲が直るきっかけを見つける／找尋言歸於好的契機。

【戻る】
歸還；退回；把原本擁有的物品歸還原主★貸した金が戻る／收回借出去的錢。

【戻る】
倒退；折回★駅から 5 キロほど戻る／從車站退回約 5 公里左右。

かえる／換える・替える	代替、變換、改換

【代わりに】
代理，代替★手紙の代わりにメールを送ります／不寫信，而是以寄電子郵件取而代之。

【代わり】
代理，代替★私はいけませんので、代

わりの人が書類を送ります／我沒辦法去，所以由別人代替我遞送文件。

【翻訳】
翻譯；筆譯；翻譯的東西，譯本★私の興味は、好きな作家の翻訳をすることです／我的嗜好是翻譯喜歡的作家的作品。

【取り替える】
交換，互換★姉と洋服を取り替える／跟姊姊互換衣服。

【取り替える】
更換，替換，換成新的★シーツは毎日取り替えて洗濯している／床單每天都要更換清洗。

【乗り換える】
換車、船，換乘，改乘★東京駅で中央線に乗り換えて、立川駅まで行きたいと思います／我想在東京車站轉乘中央線到立川車站。

Track-016

かかわる／関わる・係わる　關係、牽連

【について】
關於…；就…；對於…★平安時代の文学について調べています／我正在蒐集查找平安時代的文學資料。

【関係】
關係；關聯，聯繫；牽連；涉及★関係者以外は立ち入り禁止です／非工作人員禁止進入。

【関係】
親屬關係，親戚裙帶關係★親の関係で入社した／因為父母的關係而進入了公司。

【血】
血緣，血脈★彼は私と血がつながっているのです／他和我有血緣關係。

【間】
關係★夫婦の間がうまくいかない／夫妻之間關係不良。

【世話】
推薦，周旋，調解，介紹★先生に就職の世話をお願いに行った／去拜託老師介紹工作。

【承知】
原諒，饒恕★謝らなければ承知しないよ／不賠罪我可不饒恕你。

【出来る】
兩人搞到一起，有了戀愛關係★あの二人はどうもできているらしい／那兩人似乎搞上了。

【触る】
觸；碰；摸；觸怒，觸犯★あなたのペットのハムスターに触らせてください／你那隻寵物倉鼠借我摸一下。

かく／書く　書寫

【字】
字，文字★本の中に字を書いてはいけません／書上不可以寫字。

【点】
逗號，標點符號★文に点を打つ／給句

子打上標點符號。

【返事】

回信，覆信★メールをご覧になった後、お返事いただけると幸いです／此封郵件過目之後，盼能覆信。

【線】

線，線條★電車のホームでは白い線の内側に立ちます／在電車的月台上要站在白線後面。

【チェック】check

方格花紋，格子，花格★チェックのスカートを穿いている／穿著格子花紋的裙子。

【件名】

主旨，名稱，分類品項的名稱★メールを送るときには、分かりやすい件名をつけましょう／寄送電子郵件時，主旨要寫得簡單扼要喔。

【漫画】

漫畫；連環畫；動畫片★眼鏡を取ると美人、というのは、漫画ではよくあることです／摘下眼鏡後赫然是位美女，在漫畫裡經常出現這樣的場景。

【文学】

文藝作品、文學作品，研究文學作品★外国文学が好きだ／我喜歡外國文學作品。

【小説】

小說★長い小説だけれど、とうとう読み終わった／雖然這部小說很長，還是終於讀完了。

【写す】

抄，謄，摹★授業中ノートを写す／上課中抄寫筆記。

かける／掛ける	懸掛、澆灌

【掛ける】

掛上，懸掛；拉，掛（幕等）★壁に絵が掛けてある／牆上掛著畫。

【掛ける】

撩（水）；澆；潑；倒，灌★木に水を掛ける／給樹木澆水。

【下がる】

垂，下垂，垂懸★小さな庭にヘチマが下がっている／小巧的庭院裡，絲瓜垂掉著。

【下げる】

吊；懸；掛；佩帶，提★天井からカーテンを下げた／從天花板開始掛上窗簾。

Track-017

かぞえる／数える	計算

【一度】

一回，一次，一遍★一度やっただけで覚えられる／做過一次就能記住。

【すっかり】

全，都，全部；完全，全部；已經★姑の介護で、もうすっかり疲れてしまった／為了照顧婆婆，我已經筋疲力竭了。

てん
【点】
計算物品數量的單位，件★本日は時計2点をご紹介します／今天介紹兩只手錶。

おく
【億】
億，萬萬★人口はどんどん増えて、1億人を超えた／人口日漸增加，已經超過一億人了。

けん　げん
【軒・軒】
所，棟★東ホテルは、橋を渡ると、右の3軒目ですよ／東旅館就在過橋後右邊的第三家喔。

ばい
【倍】
（接尾詞）倍，相同數重複相加的次數，計算倍數的單位★生徒さんは多くなって、去年の2倍になりました／學生人數增加到去年的兩倍了。

ばい
【倍】
倍，加倍，某數量兩個之和★動物園の観客数が倍になった／動物園的遊客數呈現了倍數成長。

じんこう
【人口】
人口★東京の人口は、1,000万人以上のはずだ／東京的人口應該已經超過一千萬人了。

あんしょうばんごう
【暗証番号】
暗碼，密碼★忘れるといけないから、この暗証番号を写しておきなさい／萬一忘記就糟糕了，去把這個密碼抄起來！

すうがく
【数学】
數學★日本語はクラスで一番だが、数学はだめだ／我日文是全班第一，但是數學不行。

【コンピューター】computer
電腦，電子電腦★コンピューターで簡単な文や絵が書ける人を探している／我正在找能夠用電腦做簡單的文書和繪圖的人才。

【ノートパソコン】notebook personal computer 之略
筆記型電腦★私はこのノートパソコンを8万円で買いました／我用八萬日圓買了這台筆記型電腦。

【パソコン】personal computer 之略
個人電腦，電腦★パソコンの電源を入れても、すぐには動かない／電腦即使打開電源，也沒辦法立刻啟動。

りょうほう
【両方】
雙方，兩者，兩方★肺は左右両方にあるが、右側の方が大きい／肺部左右兩邊都有，但是右側的比較大。

みな
【皆】
全，都，皆，一切★いやなことはみな忘れた／我把討厭的事統統忘光了。

いか
【以下】
以下；在某數量或程度以下★私の国は、6月から8月はとても寒くて、5度以下の日が多いです／我的國家從6月到8月非常寒冷，經常出現5度以下的氣溫。

いない
【以内】
以內，不到，不超過★ご注文いただいた商品を、2時間30分以内にお届けいたします／您所訂購的商品將於2小時

30分鐘之內送達。

【掛ける】

乘★2に4を掛ける／二乘以四。

【上がる】

提高，長進；高漲；上升；抬起；晉；提（薪）；取得（成績），有（效果）★10年後に土地の値段が必ず上がる／十年後土地必定增值。

【上げる】

提高，抬高；增加★仕事の効率を上げる／提升工作效率。

【足す】

加（數學）★1と1を足すと2になる／一加一等於二。

⊙Track-018

かなしむ／悲しむ　悲傷

【ああ】

啊；呀！唉！哎呀！哎喲；表感嘆或驚嘆★ああ、くたびれた／哎喲！累死我了！

【残念】

懊悔★決勝戦は、残念ながら敗れました／很遺憾地輸了決賽。

【残念】

遺憾，可惜，對不起，抱歉★ここにあった古いお寺は、火事で焼けてしまって、本当に残念です／原本座落在這裡的古老寺院慘遭祝融之災，真是令人遺憾。

【悲しい】

悲哀的，悲傷的，悲愁的，可悲的，遺憾的★悲しい映画を見て涙を流している彼女が好きになった／我愛上了看了悲傷的電影而流著淚的她。

【寂しい】

寂寞，孤寂，孤單，淒涼，孤苦；無聊★息子が東京の大学に行ってしまって、寂しい／兒子去了東京讀大學，家裡真冷清。

【泣く】

哭，啼哭，哭泣★最初から最後まで泣かせる映画でした／這部電影讓人從第一個鏡頭哭到最後一個鏡頭。

【滑る】

不及格，沒考上★友達は入学試験に滑った／朋友入學考試沒考上。

かまう／構う　顧及、照顧

【お見舞い】

慰問★井上先生に、おみまいの電話をかけた／撥了電話慰問井上老師。

【心配】

操心，費心；關照；張羅，介紹★子どもに金の心配をさせたくない／不想讓孩子操心任何有關錢的事。

【世話】

照料，照顧，照應，照看，照管；幫助，幫忙，援助★古沢さんには、いつもお世話になっております／平時承蒙古澤小姐多方關照。

【主人】

接待他人的主人★主人役をつとめる／做東道主。

【御馳走】

款待，請客★「私がご馳走しますよ。」「いえ、今日は私がお誘いしたんですから、私に払わせてください。」／「由我請客吧！」「不行，今天是我邀約的，請讓我付帳。」

【構う】

管；顧；介意；理睬；干預★ここで飲み物を飲んでもかまいません／在這裡可以喝飲料沒關係。

【捨てる】

拋棄，斷念，遺棄，斷絕關係★仕事のために子どもを捨てるなんて信じられない／因為工作而拋棄小孩，真叫人難以置信。

【叱る】

責備，批評★レジを打つのが遅いため、いつもお客さんに叱られます／由於結帳收銀太慢，總是遭到客人的責備。

【怒る】

申斥，怒責★遅刻して先生に怒られた／由於遲到而挨了老師責罵。

【笑う】

嘲笑；取笑★あれで先生なんて本当に笑っちゃう／那樣也叫老師，真是可笑。

からだ／体　身體

【首】

頭，腦袋，頭部★朝から首のへんが痛い。昨日変な寝かたをしたかな／一早起來脖子就開始痛了。該不會是昨天睡相太差吧？

【喉】

咽喉，喉嚨，嗓子★喉が渇いた。水が飲みたい／口好渴，想喝水。

【指】

指，手指，指頭；趾，腳趾，趾頭，腳趾頭★自分の体で好きな所は、指です／我最喜歡自己身體的部位是手指。

【爪】

指甲；腳趾甲；爪★伸ばしていた爪が、折れてしまった／長長的指甲折斷了。

【腕】

前臂；胳膊，臂；上臂★彼女は恋人と腕を組んで歩いていた／那時，她和情人挽著手走著。

【背中】

背，脊背；脊樑★写真を撮りますから、あごを引いて、背中を伸ばしてください／要為您拍照了，請縮下巴、挺直背部。

Track-019

かわる／変わる　改變

【変える】

改變，變更；變動（事物的狀態、內容）★彼の言葉を聞いて、彼女は顔色を変えた／一聽到他的話，她頓時臉色大變。

【変わる】

變，變化；改變，轉變★急に天気が変わってきたので、山に登るのをやめた／由於天氣驟然轉壞，因此取消了登山行程。

【動く】

變動，變更；動搖，心情，想法發生變化★時代が動く／時代在變動。

【移る】

變心★別の男性に心が移った／愛上別的男人。

かんがえる／考える　考慮

【若し】

要，要是，如果，假如；假設，倘若★もし痛くなったら、まず薬を飲んでください／如果覺得痛了，請先服藥。

【手前】

（當著）面，（顧慮）對某人的體面★約束した手前、やるしかない／已經約好了，顧慮到體面，不做不行啊！

【心】

意志；心願；意圖；打算★彼に惹かれていった彼女は結婚へと心を決める／她被他深深吸引著，於是下決心想跟他結婚。

【心】

心思，想法；念頭★君の心はわからない／我不明白你的心思。

【計画】

計畫，謀劃，規劃★これからの計画について、ご説明いたします／關於往後的計畫，容我在此說明。

【遠慮】

遠慮，深謀遠慮★遠慮を欠く／缺乏深謀遠慮。

【意見】

意見，見解★今の部長には、意見を言いやすい／現在這位部長能夠廣納建議。

【細かい】

微細，入微，精密，縝密；小至十分細微的地方★考えが細かい／思慮周密。

【考える】

考慮，斟酌★その件はちょっと考えさせてください／那件事請讓我考慮一下。

【考える】

想，思，思維，思索，探究★寝ても覚めても、彼女のことばかり考えていた／不管睡著了還是清醒時，我滿腦子想的都是她。

かんじる／感じる　感想、感受

【お陰様で】

托您的福，很好★「お元気ですか？」「はい、おかげ様で。」／「近來可好？」

「很好，託福、託福！」

【安心】

放心，無憂無慮★明日までにできます。ご安心ください／請您放心，明天之前就會完成。

【趣味】

趣味；風趣；情趣★趣味の悪い銅像／缺乏美感的銅像。

【味】

滋味；甜頭，感觸★今の若者は貧乏の味を知らない／現在的年輕人不知道貧窮的滋味。

【気】

香氣，香味；風味★気の抜けたコーラ／走了味的可樂。

【匂い】

香味，香氣，芳香；味道，氣味★いい匂いがしてきたら、火を止めます／等聞到香味時就關火。

【気持ち】

感，感受；心情，心緒，情緒；心地，心境★シャワーを浴びると気持ちいいよ／淋了浴會感到心情舒暢喔！

【気分】

心情；情緒；心緒；心境★今日はいい天気で、気分がいい／今天天氣好，讓人有個好心情。

【大きな】

大；深刻★大きなお世話だ／多管閒事。

【寂しい】

覺得不滿足，空虛★給料前で財布が寂しい／領薪水前錢包空虛。

【柔らかい】

柔軟的；柔和的★とても柔らかいから、赤ちゃんでも食べられます／這個非常軟嫩，連小寶寶也能嚼得動。

【集まる】

（人們的注意、情緒等）聚集★ダメ父に同情が集まる／大家都同情那個無能的父親。

【思う】

感覺，覺得★弟の様子が変だと思った／覺得弟弟的樣子實在不對勁。

【聞こえる】

聽起來覺得…，聽來似乎是…★人をほめるときに皮肉に聞こえる人がいる／有些人在稱讚他人時，會讓人聽起來像在諷刺。

【焼ける】

胃酸過多，火燒心；燥熱難受★喉から胸が焼けるように痛い／從喉嚨到胸口像火燒心似的痛。

【空く】

肚子空，肚子餓★おなかが空いて鳴ってしまった／肚子餓得咕咕叫了。

【沸く】

激動，興奮★頑張る人の姿を見て、自身も血が沸いてくる／看到他人努力的身影，自己也熱血沸騰了起來。

【沸かす】

使沸騰，使狂熱，使興高采烈★変な踊

り踊って、周りを沸かす／跳著怪異的舞蹈，使周遭的人欣喜若狂。

【冷える】
冷淡下來，變冷淡★仲が冷えた／兩人的感情冷淡了下來。

【乾く】
冷淡，無感情★乾いた声で笑う／冷冰冰的笑聲。

【喜ぶ】
歡喜，高興，喜悅★私たちが会いに行くと、祖母はとても喜びます／看到我們去探望，奶奶非常開心。

Track-020

きく／聞く　聽、答應、問

【音】
音，聲，聲音；音響，聲響★電車の音がうるさいのはもう慣れた／已經習慣電車吵雜的聲響了。

【ステレオ】stereo
立體聲音響器材，身歷聲設備★このステレオは壊れてしまったから、捨てよう／這部音響已經壞了，就扔了吧。

【ラップ】rap
說唱★ラップミュージックが好きで、よく聴いています／我很喜歡饒舌音樂，時常聽。

【宜しい】
沒關係，行，可以；表容許、同意★こちらから1時間ぐらいあとでお電話を差し上げてもよろしいでしょうか／請問大約一小時後回電方便嗎？

【煩い】
嘈雜，煩人的★ピアノの音がうるさい／鋼琴聲很煩人。

【調べる】
審問，審訊★徹底的に犯人を調べる／徹底審問犯人。

【伺う】
打聽，聽到★園田さんから、ベトナムの話を伺った／從園田小姐那裡聽到了越南的見聞。

【聞こえる】
聽得見，能聽見，聽到，聽得到，能聽到★みんなに聞こえるように大きな声で話します／提高嗓門以便讓大家都能聽清楚。

きめる／決める　斷定、約定、規定

【きっと】
一定★明日はきっと晴れるでしょう／明天一定會放晴吧。

【決して】
絕對（不），斷然（不）★この窓は決して開けないでください／這扇窗請絕對不要打開。

【必ず】
一定，必定，必然，註定，準★野菜は必ず1日3回食べましょう／一天三餐都要吃蔬菜喔！

【予定】
預定★来週の金曜日に帰る予定です／我計畫下週五回去。

【文法】
文法，語法★文法の説明は分かりやすいが、字はちょっと小さすぎる／文法的說明雖然很清楚，但是字體有點太小了。

【約束】
約，約定，商定，約會★ 12 時にリカちゃんと映画館で会う約束がある／和梨花約好 12 點在電影院見面。

【規則】
規則，規章，章程★会社の規則では、1日 8 時間働くことになっています／根據公司的規定，每天需工作 8 小時。

【決まる】
決定勝負★ほぼ勝負が決まった／勝負大致已定。

【決まる】
決定，規定★ゴミを決まった時間以外に出すな／在規定的時間以外，不准傾倒垃圾！

【決める】
定，決定，規定；指定；選定；約定；商定★ゴミは決められた曜日に出さなくてはいけない／垃圾只能在每星期的規定日拿去丟棄。

【選ぶ】
選擇，挑選★どうしてこの仕事を選びましたか／您為什麼選擇了這份工作呢？

きる／着る　穿、戴

【格好・恰好】
裝束，打扮★こんな格好で、ごめんなさい／不好意思，這身打扮。

【着物】
和服；衣服★着物で結婚式に出席すると会場の雰囲気が華やかになります／穿上和服出席婚禮能將會場營造出華麗的氣氛！

【スーツ】suit
套裝，成套服裝，成套西服★うちの会社は、スーツでなくてもいい／我們公司可以不穿西裝上班。

【下着】
貼身衣服，內衣，襯衣★かわいい下着があったので、買いました／看到可愛的內衣就買了。

【手袋】
手套★店員に勧められた白い手袋に決めた／我決定買店員推薦的白手套了。

【サンダル】sandal
涼鞋；拖鞋★このサンダルは、かわいいけど歩きにくい／這雙涼鞋雖然可愛，但是不好走。

【頂く・戴く】
頂，戴，頂在頭上；頂在上面★王冠を頂く／戴上王冠。

【履く】
穿★くつを履いたまま、家に入らないでください／請不要穿著鞋子走進家門。

【付ける】

穿上；帶上；繫上；別上；佩帶★髪に飾りを付けます／往頭髮別上髮夾。

【掛ける】

戴上；蒙上；蓋上★眼鏡をかけるほうがかっこういいですね／戴上眼鏡比較酷喔！

Track-021

くぎる／区切る	劃分

【国際】

國際★世界平和のために、国際会議が開かれる／為了維持世界和平而舉行國際會議。

【内】

（空間）內部，裡面，裡邊，裡頭；（時間）內；中；時候；期間；以前；趁★建物の内へ入る／進入建築物裡面。

【坂】

大關；陡坡★既に 50 の坂を越えている／已經過五十的大關了。

【町】

町；行政劃分的單位★わたしは河田町に住んでいる／我住在河田町。

【壁】

牆，壁★壁の色を塗り替えよう／把牆壁漆上新的顏色吧！

【間】

間隔，距離★一定の間を置いて、木を一本植える／在一定的間隔種上一棵樹。

【アフリカ】Africa

非洲★初めての海外旅行は、アフリカに行きました／第一次出國旅遊時，去了非洲。

【アジア】Asia

亞洲，亞細亞★この製品はアジアからアフリカまで、輸出されています／這種商品的外銷範圍遍及亞洲，甚至遠到非洲。

【西洋】

西洋，西方，歐美★西洋料理の中で、どの料理が好きですか／在西洋料理當中，你喜歡哪一種呢？

【島】

島嶼★日本の島の数は 6,852 もあるということです／日本的島嶼多達 6,852 座。

【県】

縣★日本の都道府県は 47 あるそうです／據說日本有 47 個都道府縣。

【市】

市；城市，都市★ゴミは、市が決めた袋に入れて出しなさい／垃圾請裝在市政府規定的袋子裡再拿出來丟。

【村】

村落，村子，村莊，鄉村★近頃、村に戻って働き始めた若者が多くなってきた／這陣子開始有愈來愈多年輕人回到村子裡工作了。

【線】

界限★「不要不急」ってどこで線を引けばいいんですか／所謂「不重要、非急需的事物」要在什麼地方劃清界限呢？

【年】
年，一年★節分には、年の数だけ豆を食べるとよい／立春的前一天最好吃下和年紀相同數量的豆子。

【日】
天（過去的日子）★その日、父は家を出たまま、帰らなかった／那一天，父親離開家就沒有再回來了。

【月】
一個月★私は月に一度、オンラインで買い物をします／我一個月上網購物一次。

【正月】
正月，新年★子どもはお正月に「お年玉」がもらえます／小孩子在新年時可以領到「紅包」。

くらべる／比べる	比較

【例えば】
譬如，比如，例如★果物でしたら、例えばみかん、りんご、バナナなども売っています／以水果來說，例如橘子、蘋果、香蕉等都有販售。

【割合に】
比較地，比預想地★割合によく働く／特別會做事。

【割合】
比例★経費の中で、人件費の割合は約30パーセントです／成本當中，人事費的佔比大約是百分之三十。

【比べる】
比較；對比，對照★去年と今年の雨の量を比べる／比較去年和今年的雨量。

Track-022

くる／来る	到來

【帰り】
回來，回去，歸來★主人の帰りを待つ／等待丈夫回家。

【帰り】
歸途；回來時★ときどき、会社の帰りにカラオケに行くことがある／下班後偶爾會去唱唱卡拉OK。

【いらっしゃる】
來；為「来る」的尊敬語★あの方は、私の家によくいらっしゃいます／那位人士經常光臨舍下。

【おいでになる】
來，光臨，駕臨★先生はもうおいでになりました／議員先生已經蒞臨了。

【下がる】
放學，下班，自學校、機關、工作單位等處回家★会社から下がる／下班回家。

【戻る】
返回原本的狀態，回到原位★財布は戻ってきたけれど、中のお金はなくなっていた／錢包雖然找回來了，但是裡面的錢已經不見了。

くるしむ／苦しむ　痛苦、煩惱

【玩具】
玩物，玩弄品★彼女を玩具にする／把她當作玩具耍弄。

【苦い】
不愉快，不高興；痛苦的，難受的★一年間、仕事がない苦い思いを経験しています／嚐到一整年沒有工作的痛苦經驗。

【煩い】
厭惡，麻煩而令人討厭★煩い問題が山積みだ／煩人的問題堆積如山。

【恥ずかしい】
害羞，害臊；不好意思，難為情★若いころに書いた詩は、恥ずかしくて読めません／年輕時寫的詩實在太難為情了，沒辦法開口朗誦。

【大嫌い】
極不喜歡，最討厭，非常厭惡★私は、タバコが大嫌いなの。あなたがやめないなら、あなたとは結婚しません／我最討厭菸味了！如果不戒菸，就不和你結婚！

【苛める】
欺負；虐待；捉弄；折磨★毎日いじめられて、もう学校に行きたくない／每天都被霸凌，我再也不想上學了。

【参る】
受不了，吃不消；叫人為難；不堪，累垮★物価の高さにはまいった／物價貴的受不了。

【暮れる】
不知如何是好★彼に何といったら良いのか、途方に暮れている／不知道跟他說什麼好。

【怒る】
憤怒，惱怒，生氣，發火★父が真っ赤になって怒った／爸爸氣得滿臉通紅。

くわえる／加える　添加

【それに】
而且，再加上★この家はお買い得だよ。新しいし、それに安い／這間房子很值得買喔！不但剛剛蓋好，而且價格便宜。

【けれど・けれども】
也，又，更★東京も暑いけれど、熊本はもっと暑いです／東京熱，但熊本更熱。

【もう一つ】
再一個★もう一つ別のものを見せてください／請給我看另一件。

【アクセサリー】accessary
裝飾品，服飾★彼とお揃いのアクセサリーがほしいです／我想要和男友搭配成套的飾品。

【イヤリング】earring
耳環，耳飾，掛在耳朵上的飾物★高そうなイヤリングをもらいました／收到了一副看起來很昂貴的耳環。

【指輪】

戒指，指環★彼女への結婚指輪を探しています／我正在找要送給她的結婚戒指。

【添付】

添上；付上★図書館でコピーした資料を添付いたしましたので、参考までにご覧ください／後面附上了在圖書館影印的資料，敬請参閱。

【増える】

增加，增多★タバコをやめたら、体重が増えました／自從戒菸之後，體重就增加了。

【足す】

添；續；補上★小さいスプーンで一杯のみそを足してください／請拿小匙子加入一匙味噌。

【飾る】

裝飾，裝點★お月見のときは、「すすき」という草を飾ります／賞月時會擺放一種名為「芒草」的草葉作為裝飾。

Track-023

くわわる／加わる	增加、參加

【ながら】

一邊…一邊…，一面…一面★ CD を聞きながら、メモをとるようにしよう／一面聽 CD，一面做筆記吧！

【家】

…家；藝術、學術的派別★百家争鳴／百家爭鳴。

【入学】

入學★弟の入学祝いに自転車を買ってやりました／我買了自行車送給弟弟作為入學賀禮。

【員】

人員，人數★急いで部屋に入ったところ、もう全員集まっていた／我急著衝進房間裡一看，已經全員到齊了。

【出席】

出席；參加★会社からは私のほか 8 名が出席、ほかの会社からお客様が 4 人いらっしゃる／本公司除我之外還有八名出席，其他公司則將有四位客戶蒞臨。

こいする／恋する	戀愛

【彼女】

女朋友，愛人，戀人★紹介します。僕の彼女です／我來介紹一下，這是我的女友。

【彼】

情人，男朋友，對象★いつか桜子の彼になりたいと思っていました／希望有一天我能成為櫻子的男友。

【彼氏】

男朋友，情人，男性戀愛對象；丈夫★裕子さんが泣いている。彼氏とけんかしたらしい／裕子小姐在哭，聽說是和男友吵架了。

【ラブラブ】lovelove

卿卿我我，膩味，黏乎，甜蜜狀★あの二人(ふたり)は子(こ)どもが生(う)まれても、相変(あいか)わらずラブラブです／那兩個人在生了孩子以後，還是一樣甜甜蜜蜜的。

【思(おも)う】

愛慕★彼女(かのじょ)を思(おも)う／愛慕她。

こそあど	這個、那個、哪個

【そんな】

那樣的★そんな難(むずか)しい漢字(かんじ)は書(か)けません／那麼難的漢字我不會寫。

【こう】

如此，這樣，這麼★「おおやまは大(おお)きい山(やま)と書(か)いてください。」「分(わ)かりました。こうですね。」／「ooyama 請寫為大山。」「了解，是這兩個字沒錯吧？」

【そう】

那樣★彼(かれ)がそうしたのには、何(なに)か訳(わけ)があるはずです／他之所以做那種事，應該有什麼理由。

【それ程(ほど)】

那麼，那樣的程度★このラーメン屋(や)は有名(ゆうめい)だが、それほどおいしくない／這家拉麵店雖然有名，但沒那麼好吃。

【ああ】

那樣；那麼★兄(あに)は、ああいう服(ふく)が格好(かっこう)いいと思(おも)っている／我哥哥覺得那種衣服很有型。

【あんな】

那樣的★あんな大声(おおごえ)を出(だ)したから、びっくりしたよ／因為你叫得那麼大聲，讓我嚇了一跳。

【何方(どっち)】

哪一個，哪一方面★こっちとこっち、どっちのスカートにしよう？／這件和這件，該買哪一件裙子呢？

【此方(こっち)】

這邊，這兒，這裡★台風(たいふう)がこっちに来(き)そうです／颱風可能會撲向這邊。

こたえる／答える	回答

【答(こた)え】

回答，答覆，答應★はっきりした答(こた)えがほしい／希望得到明確的回覆。

【答(こた)え】

解答，答案★自分(じぶん)で答(こた)えを出(だ)す力(ちから)が身(み)についた／學會自己找答案的能力。

【返事(へんじ)】

答應，回答，回話★いい返事(へんじ)をもらった／取得好的回覆。

【返信(へんしん)】

回信，回電★お手数(てすう)ですが、ご確認(かくにん)のうえご返信(へんしん)をお願(ねが)いします／敬請於確認之後回信，麻煩您了。

【挨拶(あいさつ)】

回答，回話★挨拶(あいさつ)に困(こま)った／無言以對。

【御礼(おれい)】

謝意，謝詞，表示感謝之意，亦指感謝的話★仕事を手伝ってくれた後輩に、「ご苦労様」とお礼を言った／向幫忙工作的學弟道謝，說了句「辛苦了」。

【代わり】
補償；報答★そのかわり、今度晩ご飯を作ってあげる／作為報答，下次我做晚飯給你吃。

Track-024

こだわる／拘る	拘泥、特別在意

【ばかり】
只，僅；光，淨，專；唯有，只有★嘘ばかりつくと、友達がいなくなるよ／如果老是說謊，會交不到朋友喔！

【お宅】
沉迷於某特定事物的人★彼は電車お宅です／他熱衷於電車。

【ストーカー】stalker
騷擾；跟蹤狂★最近、ストーカーらしい人がいるのですが、どうしたらいいでしょうか／最近出現了一個疑似跟蹤狂的人，該怎麼辦才好呢？

【固い】
死，硬，執拗，固執，頑固★頭が固い／死腦筋。

【煩い】
說三道四，挑剔★旦那様が料理に煩い／老公對料理很挑剔。

【頑張る】
堅持己見，硬主張；頑固，固執己見★がんばって自分の主張を譲らない／堅持己見。

こと／事	事實、事件

【事】
事，事情，事實；事務，工作★女の人はどの人のことを話していますか／女士在談論誰的事情呢？

【政治】
政治★政治家がきちんとした理念に基づいて、政治を行わなければならない／政治家必須秉持端確的理念從政才行。

【事故】
事故；事由★交通事故を起こしてしまいました／發生了交通意外。

ことなる／異なる	不同

【特に】
特，特別★「先生、どこが悪いんですか。」「今のところは特に悪いところはありませんよ。」／「老師，您哪裡不舒服嗎？」「目前沒有特別不舒服的地方呀。」

【別に】
分開；另★靴下とパンツは別に洗います／襪子和內褲另外洗。

【別に】
並（不），特別★別に行きたくはない／

並不怎麼想去。

【又は】

或，或者，或是★黒または青のペンで記入してください／請用黑色或是藍色的原子筆填寫。

【以外】

以外★彼はコーヒー以外飲みません／他除了咖啡以外什麼都不喝。

【特別】

特別，格外★先生は今日だけ特別に寝坊を許してくれた／老師只有今天破例允許我睡晚一點。

【別】

別，另外★彼女がいるのに別の人を好きになってしまいました／他都已經有女朋友了，卻還愛上了別人。

【裏】

背後；內幕，幕後★このようなうまい話にはたいてい裏がある／這麼好的事情大抵都有內幕的。

【変わる】

不同，與眾不同；奇怪，出奇★私はかなり性格が変わっているみたいです／我的性情似乎有些古怪。

こわれる／壊れる	壞、損壞

【怪我】

傷，受傷，負傷★私が昨日学校を休んだのは、けがをして病院へ行ったからだ／我昨天向學校請假是因為受傷去醫院了。

【故障】

故障，事故；障礙；毛病★暖房がつかない。故障したのかもしれない／暖氣無法運轉，說不定是故障了。

【壊す】

弄壞，毀壞，弄碎（有形的物品）★携帯を床に落として、壊してしまった／手機摔落在地上故障了。

【壊す】

損害，傷害（人、物品的功能）★無理をして体を壊した／過度勞累而損壞了健康。

【壊す】

破壞（原本談妥、和諧、有條理的事或狀態）★交渉を壊す／破壞談判。

【壊れる】

壞，失去正常功能或發生故障★1年使っただけなのに、冷房が壊れた／冷氣才剛用了一年就壞了。

【壊れる】

落空，毀掉，破裂，計畫或約定告吹★邪魔者がいたために、縁談が壊れた／因為有從中作梗的人，而使婚事告吹了。

【壊れる】

碎，毀，坍塌，物體失去固有的形狀或七零八落★台風や地震で家が壊れた／因颱風、地震等原故房子倒塌了。

【割れる】

破碎★このお皿は薄くて割れやすいので、気をつけてください／這枚盤子很薄，容易碎裂，請小心。

【欠ける】
缺口，裂縫★固い煎餅を噛んだら、左上の歯が欠けてしまいました／咬下一口堅硬的烤餅後，左上方的牙齒缺了一角。

【噛む】
嚼，咀嚼★ご飯をよく噛んで食べなさい／吃飯要仔細咀嚼。

【倒れる】
倒閉，破產；垮臺★景気が悪いため、倒れた会社が多い／景氣不好，許多公司因而倒閉。

【折る】
折斷★木の枝を折る／折下樹枝。

【折れる】
折斷★台風で、庭の木の枝がたくさん折れてしまいました／在颱風肆虐之下，院子裡很多樹枝都被吹斷了。

Track-025

さえぎる／遮る　阻擋

【中々】
輕易（不），（不）容易，（不）簡單，怎麼也…★夜、なかなか眠れないことがある／晚上有時候會遲遲無法入睡。

【壁】
障礙，障礙物★仕事が壁にぶつかった／工作碰上釘子。

【故障】
異議，反對意見★その意見について故障を唱える人がいる／關於該意見有人持反對意見。

【邪魔】
妨礙，阻礙，障礙，干擾，攪擾，打攪，累贅★写真を撮るのに右の木が邪魔だ／想要拍照，但是右邊那棵樹擋到鏡頭了。

【止まる】
堵塞，堵住，斷，中斷，不通，走不過去★台風で電車が止まった／因颱風電車不通了。

さがす／探す　尋找

【ため】
為，為了★ゴミを減らすために、買い物には自分の袋を持って行く／為了垃圾減量，我購物時總是自備袋子。

【地理】
地理情況★この辺りの地理はよく知っている／這一帶的地理狀況我很熟悉。

【相談】
徵求意見，請教；諮詢★相談に乗ったからには、なんとか解決してあげたい／既然幫人想辦法，就要想方設法地幫對方解決問題。

【探す・捜す】
查找，尋找，找★子どもが小学生になったら、パートの仕事を探そうと思う／等孩子上小學了以後，我想去找個工作兼差。

【尋ねる】
探求，尋求★日本語の源流を尋ねる／探求日語的起源。

さからう／逆らう｜抗拒、違抗

【けれど・けれども】
拒絕，不★僕もそうしたいけれども、できない／我雖然也想這樣做，但我不能。

【信号無視】
闖紅綠燈★信号無視でけがした男の人が病院に運ばれた／未遵守交通規則而受了傷的那個男人被送往醫院了。

【駄目】
不行，不可以★ビルの前は車を止めてはだめなんですよ／不可以把車子停在大廈前面喔！

【遠慮】
回避；謙辭；謝絕★すみませんが、タバコはご遠慮ください／不好意思，這裡不能吸菸。

【反対】
反對★あなたが、彼の意見に反対する理由は何ですか／你反對他的看法的理由是什麼？

【向かう】
反抗，抗拒★我々と一緒に敵に向かう／跟我們一起反抗敵人。

さがる／下がる｜下降、降低

【下りる】
下，降，下來，降落；從交通工具中出來★幕がおりる／布幕下降。

【下げる】
降低，降下；放低★人気のない商品の価格を下げた／調降銷路不佳商品的價格。

【下がる】
降溫★薬を飲んだのに、熱が下がりません／藥都已經吃了，高燒還是沒退。

【下がる】
（高度）下降，降落，降低★一階のボタンを押してエレベーターが下がっていく／按下一樓的按鈕，電梯便會降下來。

【落ちる】
降低★スピードが落ちる／降低速度。

【落とす】
降低，貶低★声を落とす／降低聲音。

さま｜先生、女士、情況

【君】
接在同輩、晚輩的名字後方表示親近，主要用於稱呼男性。★山本君がいるから、君は休んでもいいだろ／既然有山本在，你可以休假無妨。

【様】

置於人名或身份後方表示尊敬；…先生；…女士；…小姐★お客様にお茶をお出ししました／送了茶水給客人。

【ちゃん】
為「さん」的轉音；接在名字後表示親近★あ、けんちゃん、どこ行くの／啊，小健，你要去哪裡？

【具合】
情況，狀態，情形★天気の具合を見て、出発するか決める／看天氣的情況，決定是否出發。

Track-026

したがう／従う　順從

【習慣】
國家地區風俗習慣★この国にはチップの習慣がある／這個國家有給小費的習慣。

【法律】
法律★誰でも法律を守らなければならない／任何人都必須遵守法律才行。

【承知】
同意，贊成，答應；許可，允許★以上の条件を承知していただけますか／請問上述條件您都同意嗎？

したしい／親しい　親密

【夫】
丈夫，夫；愛人★夫は「うん、うん」と適当に返事をして、私の話をちゃんと聞いてくれません／我先生只是「嗯、嗯」隨口敷衍，根本沒有仔細聽我說什麼。

【主人】
丈夫；愛人★ご主人、入院なさったんですか。それはいけませんね／您先生住院了嗎？真糟糕呀。

【妻】
妻★誕生日に、妻から手袋をもらった／生日時，太太送了我手套。

【家内】
內人，妻子★家内は今出かけて、おりません／內人出門了，現在不在家。

しぬ／死ぬ　死亡

【亡くなる】
死；殺；滅亡★祖父が亡くなったため、学校を休んだ／由於爺爺過世而向學校請了假。

【倒れる】
死亡★彼が銃弾に倒れた／他死於敵人的槍彈。

【眠る】
死亡★ここに眠っている／在此長眠。

【片付ける】
除掉，消滅；殺死★あの男を片付けろ／把那男的幹掉。

しめす／示す | 出示、指示

【美術館】
美術館★今、県立美術館にピカソの有名な絵が来ているということだ／目前，縣立美術館正在展出畢卡索的知名畫作。

【説明】
說明；解釋★お電話でお話したことについて、ご説明いたします／稍早在電話裡報告的事，在此向您說明。

【出す】
展出，展覽；陳列★コンクールに写真を出す／在競賽會上展出照片。

しらせる／知らせる | 通知、報告

【案内】
通知，通告★携帯に結婚式の案内を送る／給手機發出結婚通知。

【電報】
電報，利用電信設施收發的通信，亦指其通信電文★友人の結婚の知らせを聞いて、祝福の気持ちを電報に込めて送りました／聽到朋友即將結婚的佳音，我打了電報送上祝福。

【連絡】
通知，通報★学校からの連絡はメールで行います／學校用郵件進行通知。

【連絡】
聯絡，聯繫，彼此關聯，通訊聯繫★もし飛行機が遅れたら、連絡してください／萬一班機延遲了，請和我聯繫。

【レポート】 report
（新聞等）報告；報導，通訊★現地の生活をレポートする／對當地的生活進行報告。

【紹介】
介紹★お客様に合う旅行の計画を紹介します／介紹符合客戶需求的旅遊行程。

【知らせる】
通知★このことは誰にも知らせるな／這件事別通知任何人。

【届ける】
報，報告；登記★拾ったお金を交番に届ける／把撿到的錢送到派出所。

しらべる／調べる | 查找、查驗

【辞典】
詞典，辭典；辭書★あさっての授業には辞典が必要なので必ず持って来るようにということです／後天的課程必須用到辭典，請務必帶來。

【味見】
嘗口味，嘗鹹淡★これ、ちょっと味見してごらん。すごく美味しいよ／你嚐嚐看這個，非常好吃喔！

【チェック】 check

檢驗，核對記號等★ここを通る車は全てチェックするようにという指令が出ている／上面指示必須檢查所有行經這裡的車輛。

【調べる】

調查；查閱；檢查；查找；查驗★韓国の文化について、調べています／蒐集韓國文化的資訊。

●Track-027

しる／知る	知曉、認識、懂得

【承知】

知道，瞭解★危険を承知の上で頼んでいる／明明知道危險而拜託您。

【経験】

經驗，經歷★旅行中、珍しい経験をしました／旅途中得到了寶貴的經驗。

【ご存知】

您知道，相識；熟人；朋友★ご存知かと思いますが、最近、野菜がとても高いです／我想您應該知道，最近蔬菜的價格非常昂貴。

【科学】

科學★科学の力で世界を変える／以科學的力量改變世界。

【文学】

文藝，文藝學，研究文學作品的學科★子どもの頃から本が好きだったので、文学部に進みたいと思います／因為我從小就喜歡看書，所以想進文學系就讀。

【言語学】

語言學★これからも言語学の研究を続けていきます／往後仍將持續研究語言學。

【英会話】

英語會話，用英語進行交談★英会話レッスンの前に、新しい言葉を調べておきます／在上英語會話課之前先查好新的詞彙。

【経済学】

經濟學（研究人類社會的經濟現象，特別是研究物質財富、服務的生產、交換、消費的規律的學問）★日本に来てから、経済学の勉強を始めました／來到日本以後，開始研讀了經濟學。

【医学】

醫學★大学で二年間東洋医学を学ぶ／大學兩年期間研習東洋醫學。

【ホームページ】homepage

網頁主頁，瀏覽網際網路的目錄頁面★インターネットの普及で、多くの会社がホームページを持つようになりました／網際網路普及後，許多公司都有了自己的網頁。

【細かい】

詳細，仔細（敘述、描繪事物的細節）★細かく説明する／詳細說明。

【研究】

研究；鑽研★毎日一時間泳いで、そしてビデオを見て、自分の泳ぎ方を研究します／每天游一小時，然後看錄下來的影片，檢討自己的游泳動作。

【存じ上げる】

知道，想，認為★社長が入院したことについては存じ上げず、大変失礼いたしました／我竟不曉得社長住院，實在太失禮了。

【見付ける】
找到，發現★二十歳になったら、仕事を見つけて働きたい／等到滿二十歲，我想找份工作來做。

【見付かる】
能找出，找到★大学は卒業したけれど、仕事がみつからない／雖然已經大學畢業了，但還沒找到工作。

【割れる】
暴露★警察の捜査で、タバコからホシが割れた／警察的搜查中，從香菸查找到了犯人。

しるす／記す　做記號、記住、記錄

【通帳記入】
補登存摺★通帳記入欄がいっぱいになった／存摺內頁已經刷滿了。

【ブログ】blog
部落客，網路日記，博客★ブログの更新が遅くなってしまい、大変申し訳ありません／太慢更新部落格了，非常抱歉。

【レポート】report
報告書；學術研究報告★直してあげるから、レポートができたら持ってきなさい／我會幫你改報告，完成後拿過來。

【請求書】
訂單，帳單，申請書★修理費に 40 万の請求書が届いた／四十萬的修繕估價單送來了。

【日記】
日記，日記本★もう 20 年も日記を書き続けている／我已經持續寫日記長達 20 年了。

【ワープロ】word processor 之略
文字處理機，語言處理機★文字の入力だけなら、昔のワープロで十分だ／如果只是要輸入文字，以前的文字處理機就很夠用了。

【訳】
意義，意思★訳のわからない会話となります／成為毫無意義的對談了。

【登録】
登記，註冊★暗証番号はご自身で登録していただいた 4 桁の数字です／密碼是您親自註冊過的四位數字。

【付ける】
寫上，記上，標注上★日本語で日記を付けることにしました／我決定用日語寫日記。

Track-028

すぎる／過ぎる　過去、經過

【久しぶり】
（隔了）好久★「叔父さん、久しぶりです。」「ほんとうに久しぶりだね。元気かい？」／「叔叔，好久不見。」「真的好久不見呀，過得好嗎？」

【暫く】

半天，許久，好久★母とけんかをして、しばらく家に帰っていない／和媽媽吵架後，許久沒回家了。

【時代】

時代；當代，現代；朝代★今の時代、やはり英語は話せないといけない／這個時代，不會說英語還是不行。

【歴史】

歷史★最近の若者は、あまり歴史の本を読まないようだ／最近的年輕人似乎不太讀歷史書。

【時】

時間★時がたつほどに味が出てきます／時間越久越有味道。

【季節】

季節★秋はおしゃれの季節です。そして、またダイエットの季節でもあります／秋天是個讓人講究時尚的季節，同時也是個適合瘦身的季節。

【移る】

時光流逝★時が移る／時代變遷。

すくない／少ない　少、不多

【偶に】

有時，偶爾★母はいつも優しいが、たまに怒るととても恐い／媽媽平常都很溫柔，但偶爾生氣的時候會變得非常可怕。

【一度】

一下，隨時，稍微★一度富士山に登ってみたいな／真想爬一次富士山啊！

【気持ち】

小意思，心意，對於自己的用心表示謙遜時使用的自謙語★つまらないものですが、ほんの気持ちです／小小禮物，不成敬意。

【経済】

經濟實惠，少花費用或工夫，節省★車を借りたほうが経済的だ／租車比較節省錢。

【少ない】

少，不多★病院の食事はまずいし、少ないし、もう嫌だ／醫院的伙食不但難吃而且份量又少，我再也不想吃了！

【浅い】

顏色淡的，顏色淺的★濃いピンクの着物に浅い緑の帯を合わせる／深粉紅的和服搭配淺綠色的腰帶。

【浅い】

淺薄的，膚淺的★君は考えが浅いね／你的想法真是膚淺啊！

【珍しい】

（事情）少有，罕見★今年は珍しく大雪が降りました／今年罕見地下了大雪。

【ダイエット】diet

減肥★少し細くなりましたね。ダイエットしたんですか／妳瘦了一些哦，節食了嗎？

【下がる】

（價格、行情）下降，降低，降價★テレビの値段が下がった／電視跌價了。

【空く】

某空間中的人或物的數量減少★この店はいつも混んでいるが、今日は空いている／這家店總是很多人，今天卻空蕩蕩的。

すごい	非常的、可怕的

【随分】

超越一般程度的樣子，比想像的更加★たかし君は、一年でずいぶん大きくなったね／才過一年，小隆長高了不少呢！

【全然】

（俗語）非常，很★全然楽しい／非常快樂。

【そんなに】

那麼；形容程度之大★彼はなんでそんなに夜遅くまで働くんだ／他為什麼要工作到那麼晚啊！

【非常に】

緊急，非常★この建物は非常に大きい／這棟建築非常大。

【ずっと】

（比…）…得多，…得很，還要…★茹でるより、焼いた方がずっとおいしい／與其川燙不如用烤得更為美味。

【台風】

颱風★台風のときは、海に行くな／颱風來襲期間禁止去海邊！

【酷い】

（程度）激烈，兇猛，厲害，嚴重★「酷い雨ですね。」「台風が来ているらしいですよ。」／「好大的雨呀！」「聽說是颱風來了喔。」

【凄い】

了不起的，好得很的★これ、すごくおいしいわよ／這個真是太好吃了！

【厳しい】

嚴酷，殘酷，毫不留情★母子家庭の生活が厳しすぎる／單親媽媽的家庭生活很艱苦。

【凄い】

（程度上）非常的，厲害的★台風きてるから、すごい雨だよ／颱風來犯，雨勢驚人。

【素晴しい】

（形容程度）及其，非常，絕佳，極好的，了不起的★このスイカはすばらしく甘い／這西瓜非常地甜。

Track-029

すてる／捨てる	丟棄

【ごみ】

垃圾，廢物，塵埃★この川には、ごみがたくさん浮かんでいる／這條河飄著許多垃圾。

【燃えるごみ】

可燃垃圾★燃えるごみと燃えないごみ

を正しく分けて捨ててください／可燃垃圾和不可燃垃圾請確實分類丟棄。

【生ごみ】
廚餘垃圾；含有水分的垃圾★料理で出た生ごみは燃えるごみの日に出してください／烹飪時產生的廚餘，請在可燃垃圾的回收日拿出來丟棄。

【捨てる】
（將無用的東西、無價值的事物）扔掉，拋棄★半分しか食べてないままで捨てちゃだめ／不可以只吃了一半就丟掉！

する	做

【方】
手段，方法★やっとスマホの使い方が分かってきました／終於學會了智慧型手機的操作方式。

【仕方】
辦法；做法，做的方法★「今日は道が混んでいるし…。それじゃ、やっぱり電車かな。」「あと1時間ね、仕方ないわね。」／「今天路上很塞…那，是不是該搭電車呢？」「只剩下一小時了，也沒其他辦法了。」

【機会】
機會★せっかく覚えた日本語も、そのうちきっと使う機会が訪れる／好不容易才學會的日語，早晚一定能夠遇上發揮的機會。

【駄目】
白費，無用；無望★いくら頼んでも駄目だ／無論你怎麼拜託也沒用。

【タイプ】type
打字★1万文字の文章をタイプする／打一萬字的文章。

【頂く・戴く】
擁戴★半田花子を社長に頂く／推選半田花子為社長。

【致す】
做，為，辦★お客様にお知らせいたします。昨日、新しい駅ができました／敬告各位貴賓，昨天新車站已經落成了。

【なさる】
為，做★石川様ご結婚なさるのですか。おめでとうございます／石川小姐要結婚了嗎？恭喜恭喜！

【遣る】
做，搞，幹★こんなにたくさんの仕事を今日中にやるのは、無理です／這麼多工作都要在今天之內做完，根本不可能。

【塗る】
塗（顏料），擦，抹★早く治すためには、清潔な手で薬を塗りましょう／為了盡快痊癒，請將手洗乾淨後再塗抹藥膏。

【行う・行なう】
行，做，辦；實行，進行；施行；執行計畫、手續等；履行；舉行★明日、試験が行われます／明天將要舉行考試。

【掛ける】
打電話★女の人が男の人に電話をかけています／女士正給男士打電話。

すわる／座る　坐、跪坐

【席】

席位；座位★飛行機は窓側の席を予約しました／這趟航班我預約了靠窗的座位。

【指定席】

指定座位，指定位置★次の電車の指定席はもうないです／下一班電車的對號座已經售罄。

【自由席】

無對號座位★次の電車は指定席がもうないので、自由席に乗ることにした／由於下一班電車的對號座已經售完，所以決定坐自由座了。

【掛ける】

坐（在…上）；放（在…上）★いすに掛ける／坐在椅子上。

そだてる／育てる　撫育、培育

【田舎】

故鄉，家鄉，老家★妻の田舎は四国の山奥です／太太的老家是在四國深山裡。

【子育て】

育兒，撫育、撫養孩子★子育てが終わって、大学院に入ろうと思っている／等養育小孩的任務告一段落，我想要到研究所進修。

【育てる】

培育，撫育；撫養孩子★私は子どもを 5 人育てました／我養大了五個孩子。

【植える】

接種，培育★子どもに独立精神の思想を植える／培養孩子獨立的思想。

Track-030

そなえる／備える　準備、防備

【お大事に】

請多保重★どうかお大事に、一日も早くお元気になられますように／請多保重，希望早日恢復健康。

【準備】

準備，預備；籌備★旅行の準備をします／預做旅行的準備。

【支度】

準備；預備★子どもが帰る前に、晩ご飯の支度をしておきます／孩子回來之前先準備晚餐。

【用意】

準備，預備★会議に参加する 12 人のお弁当を用意しておきます／我會預先準備好出席會議的 12 人份便當。

【注意】

注意，留神；當心，小心；仔細；謹慎，給建議、忠告★誠君はいくら注意しても勉強しない／不管訓過小誠多少次，他就是不肯用功。

たしかめる／確かめる　弄清、查明

【確り】
確實地，牢牢地★しっかり覚える／牢牢記住。

【はっきり】
（事情的結果或人的言行）明確、清楚★嫌ならはっきり断ったほうがいい／不願意的話最好拒絕。

【裏】
內情，隱情★自白の裏を取る／確認招供內情的真偽。

【試験】
考試，測驗（人的能力）★試験の結果は明日発表いたします／實驗的結果將於明天公布。

【試験】
試驗，檢驗，化驗（物品的性能）★新しい作品は試験中だ／新產品在試驗中。

【確か】
正確，準確★彼女が時間通りに来るのは確かですか／她真的會準時到達嗎？

【確か】
確實，確切★彼の腕前は確かなものだ／他的技術非常高深。

【必要】
必要，必需，必須，非…不可★できるようになるためには、練習することが必要だ／為了學到會，練習是必須的。

だす／出す　出、提出、取出

【引き出し】
抽出，提取★積立金の引き出しをした／提出存款。

【上げる】
吐出來，嘔吐★お酒を飲みすぎてあげてしまった／飲酒過度而吐了。

【出す】
提出；出，提交★私の塾は、生徒に全く宿題を出すことはありません／我們補習班，完全沒有讓學生提交過作業。

【出す】
出；送；拿出，取出；掏出；提出★おごると決めていても、女性が財布を出すのはマナー？／即使已經決定是對方請客了，女性掏出錢包仍算是一種禮貌的表現嗎？

たすける／助ける　幫助

【ヘルパー】helper
幫手，助手★祖母を助けるため、ヘルパーさんを頼みたいと思っています／為了協助奶奶的起居，我想請個幫手。

【手伝い】
幫忙，幫助★入院している人に、食事の手伝いをします／我協助住院患者用餐。

【手伝う】
幫忙，幫助★父の店は日曜日だけ手伝っているんです／我只在星期日去爸爸的店裡幫忙。

【構う】
照顧，照料；招待★何のおかまいもしませんで／請恕我招待不周。

たずさわる／携わる	從事

【家】
從事…的（人）；愛…的人，很有…的人，有某種強烈特質的人★彼は立派な政治家になった／他成了一位出色的政治家。

【専門】
專門；專業；專長★大学院での専門は何ですか／請問您在研究所專攻什麼領域呢？

【産業】
產業，生產事業，實業，工商等企業，工業★ここ数年、多様な外食産業が盛んです／近幾年來，各種外食產業蓬勃發展。

【工業】
工業★ナイロンは化学工業にとって、なくてはならない原料である／對化學工業而言，尼龍是不可或缺的原料。

Track-031

たてる／立てる	豎、立、有幫助

【立てる】
立起，豎★棒を立てた／立起了棒子。

【立てる】
立下；制定，起草★この「計画」のポイントは、無理な計画を立てないことです／這項「計畫」的重點是不要規劃無法完成的計畫。

【役に立つ】
有益處，有作用，有幫助★私にお役に立てることがあったら、なんでもおっしゃってくださいね／假如有我幫得上忙得地方，請儘管告訴我喔。

【生きる】
發揮作用★長年の経験が生きる／讓多年的經驗發揮作用。

【起こす】
扶起，支撐；立起★扇風機が倒れたので起こす／電風扇倒了，把它立起來。

たてる／建てる	建造

【工事中】
在建造中★工事中は皆様に大変ご迷惑をお掛けしました／施工期間造成各位極大的不便。

【ビル】building 之略
大樓，高樓，大廈★すみません。SK ビルという建物はどこにありますか／不好意思，請問一棟叫作 SK 大廈的建築物在哪裡呢？

【二階建て】

二層樓的建築★私の会社はあのグレーの二階建てのビルだ／我公司就是那棟灰色的兩層樓建築。

【建てる】

蓋，建造★このお寺は、今から 1300 年前に建てられました／這座寺院是距今 1300 年前落成的。

たべる／食べる	吃

【一杯】

一碗，一杯，一盅★酒を一杯飲む／喝一杯酒。

【代わり】

再來一碗★すいません！ご飯、おかわりお願いします／麻煩，再幫我添一碗飯。

【御馳走】

飯菜，美味佳餚★すごい御馳走を用意している／準備著美味的佳餚。

【食事】

飯，餐，食物；吃飯，進餐★携帯電話を見ながら食事をするな／不要邊吃飯邊看手機！

【外食】

在外吃飯★一人暮らしを始めてから、ずっと外食が続いている／自從開始一個人住以後，就一直吃外食。

【食べ放題】

吃到飽，隨便吃，想吃多少就吃多少★函館でおいしいものをお腹いっぱい食べたければ、食べ放題コースがお勧めですよ／假如想在函館盡情享用美食，建議選擇吃到飽的行程喔！

【飲み放題】

喝到飽，盡管喝★ 1 時間半の飲み放題でビール十杯くらい飲みました／在一個半小時的喝到飽時段中喝了十杯左右。

【夕飯】

晚飯，晚餐，傍晚吃的飯★今日、友達と映画を見に行くことにしたので、夕飯はいりません／今天要和朋友去看電影，所以不回家吃晚飯。

【お摘み】

小吃，簡單的酒菜★冷蔵庫におつまみがあるから、だしてあげようか／冰箱裡有下酒菜，要不要幫你拿出來？

【米】

稻米，大米★米とみそは、日本の台所になくてはならないものです／米和味噌是日本廚房不可或缺的東西。

【サンドイッチ】sandwich

三明治，夾心麵包★サンドイッチは、卵のとハムのと、どちらがいいですか／你的三明治要夾蛋還是火腿呢？

【サラダ】salad

沙拉，涼拌菜★サラダ作ろうと思ったら、キュウリがなかったのよ／正打算做沙拉，這才發現沒有小黃瓜啊！

【葡萄】

葡萄，紫紅色★庭で葡萄を育てています／我在院子裡種了葡萄。

【天ぷら】

天婦羅，裹粉油炸的蝦或魚等★春の野菜で天ぷらを作りました／用春天的蔬菜炸了天婦羅。

【ステーキ】steak

烤肉（排）料理，多指牛排★フランス料理のフルコースでは、肉料理がステーキとローストの２品が出ます／法國菜的全餐中，肉類部分會送上牛排和烤牛肉兩道。

【湯】

開水★お湯が沸いてきたら、麺を入れて 10 分ぐらいゆでます／等熱水滾了以後下麵，煮 10 分鐘左右。

【コーヒーカップ】coffeecup

咖啡杯★プレゼントは世界の有名ブランドのコーヒーカップにしよう／禮物就挑世界知名品牌的咖啡杯吧！

【噛む】

咬★犬にかまれて怪我をした／被狗咬傷了。

【頂く・戴く】

吃；喝；抽（菸）★高い肉でなくても、十分美味しく頂きました／不是高級肉品，也十分美味的享用了。

Track-032

ちいさい／小さい　小、微小

【小鳥】

小鳥★あの小鳥の絵、上手ですねえ／那幅小鳥的圖畫得真生動呀！

【小さな】

小，微小★多くの人が分からないくらいの小さな地震ですが、１年に 5000 回以上起きています／至於多數人都無法察覺的小地震，每年會發生超過五千次。

【弱い】

弱；軟弱；淺★これは人の弱さと優しさを描いた映画です／這是一部描寫人性的軟弱與關懷的電影。

【細かい】

小，細，零碎★野菜を細かく切る／把蔬菜切碎。

【浅い】

（事物的程度、時日等）小的，低的，微少的★入社してから日が浅いため、まだ担当はもっておりません／我才剛到公司上班不久，所以還沒有分派到負責的客戶。

【浅い】

淺的，自口部至底部或深處的距離短★浅い川を渡る／渡過淺河。

【痩せる】

瘦★パパは若いときは痩せっていなかったし、眼鏡もかけていなかった／爸爸年輕時身材既不瘦，也沒有戴眼鏡。

ちかい／近い　接近、靠近

【そろそろ】

就要，快要，不久★夏休みもそろそろ終わりだ／暑假也差不多要結束了。

【唯今・只今】

剛才，剛剛，不久之前的時刻★只今お戻りになりました／剛才回去了。

【さっき】

剛才，方才，先前★さっき来たばかりです／我才剛到。

【一杯】

全占滿，全都用上，用到極限★時間一杯考える／思考到最後的時間。

【近所】

近處，附近，左近；近鄰，鄰居，街坊，四鄰★明日あなたはご近所に引っ越しのあいさつに行ってくれる？／明天你可以去向鄰居打聲招呼說我們搬來了嗎？

【周り】

附近，鄰近，不遠處★公園の周りに桜の木が植えてあります／公園的附近種著櫻花樹。

【手前】

這邊，靠近自己這方面★川の手前で散歩する／在河的這邊散步。

【手元】

身邊，手頭，手裡★お手元の企画書をご覧ください／請看手邊的企畫書。

【今度】

這回，這次，此次，最近★今度はオレの番だ／這次輪到我了。

【最近】

最近，近來★最近の若い者は、文句ばかり言う／近來的年輕人成天抱怨連連。

【寄る】

靠近，挨近★寒いから火の近くに寄ろう／太冷了，靠近火旁吧！

つかう／使う	使用

【道具】

工具；器具，家庭生活用具；傢俱★人は言葉を話したり、道具を使うことができます／人類會說話，也會使用工具。

【利用】

利用★本日も市営地下鉄をご利用いただき、ありがとうございます／感謝各位乘客搭乘市營地鐵。

【運転】

周轉，營運，流動，運轉，籌措資金有效地活用★資金をうまく運転する／巧妙地周轉資金。

【掛ける】

花費，花★1年かけて、10キロ痩せる計画をたててみた／訂下了一年瘦10公斤的計畫。

つぐ／次ぐ	接著

【これから】

從現在起，今後，以後；現在；將來；從這裡起；從此★これから美術館で注意してほしいことを言います／接下來要說明在美術館裡參觀的注意事項。

【今度】

下次，下回★今度の土日は、全 28 巻の漫画を読もうと思っている／我打算在這個週末看全套共 28 集的漫畫。

【以下】

從此以下，從此以後★ 10 ページ以下省略／十頁以下加以省略。

【将来】

將來，未來，前途★将来は外国で働くつもりです／我將來打算到國外工作。

【明日】

明天★明日の午後は、会社におりません／我明天下午不在公司。

【再来週】

下下星期，下下週★再来週、チケットが送られてきたら、学校でわたします／下下週收到機票以後，再拿去學校給你。

【再来月】

下下月★再来月結婚するので、今会場を探しているところです／下下個月就要結婚了，現在正在找婚宴地點。

Track-033

つくる／作る	製作

【製】

製造，製品，產品★日本製の車はアジア諸国から、遠いアフリカまで輸出されている／日本製的汽車出口到亞洲各國，甚至遠至非洲。

【新規作成】

新建，新做，做一個新的★新規作成の画面が現れましたら、新規作成ボタンをクリックします／當看到新增檔案的畫面出現後，請點選新增檔案的按鈕。

【番組】

（廣播，演劇，比賽等的）節目★この番組は今月で終わります／這個節目將在這個月結束。

【生産】

生產，製作出生活必需品★地震の影響で車の生産を止めている／地震導致汽車停止生產。

【工場】

工廠★新しい工場を建てるために、土地を買った／為了建造新工廠而買了土地。

【打つ】

做，敲打，捶打（金屬或麵團等）★蕎麦を打つ／做蕎麥麵條。

【焼く】

烤，烙★魚は、焼く前に塩を振っておきます／魚在煎之前先撒上鹽。

【漬ける】

醃（菜等）★お隣の奥さんに、自分で漬けた白菜をいただいた／鄰居太太送來了自己醃的白菜。

【出来る】

做好，做完★素敵な原稿ができました／做好完美的原稿了。

【沸かす】

燒開，燒熱★初めにお湯を沸かしてください。それから砂糖を少し入れてください／首先請燒一鍋熱水，接著請加入少許砂糖。

【沸く】
沸騰，燒開，燒熱★お湯が沸いたら、蓋を閉めて、火を止める／等水滾了，就蓋上蓋子並且把火關掉。

【焼く】
點火焚燒★古いお札を焼く／燒毀舊的紙鈔。

【焼ける】
燒熱，熾熱，燒紅★肉が焼けてきたよ。そろそろ、いいかな／肉烤了好一會兒囉，差不多可以吃了吧？

【建てる】
創立，建立，樹立，創辦★新しい国を建てた／建立了新的國家。

【出来る】
做出，建成★この車は木でできている／這輛車是用木頭做的。

つたわる／伝わる	流傳

【通う】
通曉；相印，心意相通★心の通う話し方／意氣相投的話術。

【鳴る】
馳名，聞名★文才をもって鳴る人／以文才著稱的人。

【聞こえる】
聞名，出名，著名★世に聞こえている／聞名世界。

【移る】
感染；染上★子どもに風邪が移った／小孩染上感冒了。

つづく／続く	繼續、連續

【ずっと】
（從…）一直，始終，從頭至尾★一週間もずっと雨が降っています／已經整整下了一星期的雨。

【どんどん】
連續不斷，接二連三，一個勁兒★水がどんどん流れていく／水嘩啦啦地不斷流逝。

【続く】
（同樣的狀態）繼續；連續；連綿★これはインフルエンザですね。三日ほど高い熱が続くかもしれません／這是流行性感冒喔，說不定會連續高燒三天。

【続く】
事情不間斷的接連發生★吐き気に続いて嘔吐が起こる／噁心之後接下來會嘔吐。

【続ける】
繼續，連續，接連不斷★ブログを書き続けるのは、けっこう大変なことだ／要持續寫部落格需要很大的毅力。

Track-034

つとめる／努める	盡力

【なるべく】
盡量，盡可能★今日はなるべく早く帰るよ／今天要盡量早點回去喔！

【出来るだけ】
盡量地；盡可能地★子どもにはできるだけ、自分のことは自分でさせたいと思っています／我希望盡量讓孩子自己的事情自己做。

【熱心】
（對人或事物）熱心；熱誠；熱情★中山さんは高橋さんと同じくらい熱心に勉強している／中山同學和高橋同學一樣正在用功讀書。

【一生懸命】
拼命地，努力，一心，專心★妻と子どものために、一生懸命働いている／為了妻子和兒女而拚命工作。

【払う】
傾注心思；表示（尊敬）；加以（注意）★体調に注意を払いましょう／請多加注意身體健康。

【頑張る】
堅持，拼命努力；加油，鼓勁；不甘落後；不甘示弱★がんばれ！やればできる／只要努力就辦得到！

つよい／強い　強壯的、堅定的、有力的

【腕】
腕力，臂力，力氣★腕にものを言わせる／力氣發揮了作用。

【力】
力，力量，力氣；勁，勁頭★女なのに力が強い／區區一個女人，力氣卻很大。

【固い】
堅定，堅決，性格剛毅而不動搖★固く断る／堅決回絕。

【堅い】
牢固，堅實★守りが堅い／守備牢固。

【硬い】
硬，凝固，內部不鬆軟，不易改變形態★硬いせんべい／硬梆梆的仙貝。

【確り】
結實，牢固，牢靠，確，明確，基礎或結構堅固，不易動搖或倒塌的狀態★こっちの椅子はこっちの椅子ほどしっかりしていない／那邊的椅子不如這邊的椅子來得堅固。

できる　能、會

【力】
能力★数学の力が弱い／數學能力很差。

【技術】
技術；工藝★どんなに医療技術が進んでも、老いと死は避けられない／醫療技術再怎麼進步，也躲不過老化與死亡。

【腕】
本事，本領，技能，能耐★腕がある。やはりうまいね／有本事。真的了不起。

【うまい】
巧妙，高明，好★運転は娘のほうが僕

よりうまいんですよ／女兒開車的技術比我還要好喔！

【出来る】
出色，有修養，有才能，成績好★外国語ができるかどうかで、給料が違います／薪資視具有外語能力與否而有所不同。

でる／出る　出來

【おなら】
屁；放屁★１日に何十回もおならが出て困っています／每天會放屁多達幾十次，不知道怎麼辦才好。

【外側】
外側，外面，外邊★箱の外側にきれいな紙を貼ります／在盒子的外側貼上漂亮的紙。

【表】
屋外，戶外，外邊，外頭★子どもたちは表で遊んでいる／小孩在屋外玩耍。

【退院】
出院★お医者さんの話では、もうすぐ退院できるそうだ／照醫師的說法，應該很快就能出院了。

【出す】
露出★真犯人がぼろを出すのを待つ／等待真正的犯人露出馬腳。

【出来る】
（原本沒有的物體）形成，出現★雨で窓に水滴ができた／因為下雨，窗上有了水滴。

Track-035

とおる／通る　通過、走過

【一方通行】
單向通行★この絵は、「一方通行」という意味です／這張畫是「單向通行」的意思。

【交通】
交通★この辺は交通が不便だが、美しい自然が残っている／這一帶雖然交通不便，但還保有美麗的自然風光。

【横断歩道】
斑馬線，人行橫道★おばあさんが横断歩道で困っていたので、一緒に荷物を持って渡った／我看到一位老奶奶正在發愁該怎麼過馬路，於是幫忙拿東西陪她一起走了斑馬線。

【線】
路線，原則，方針★交渉はその線で進めよう／就按照那一原則進行交涉吧！

【周り】
周圍，物體的前後左右，環繞物體的四周★口の周りをふく／擦拭嘴的周邊。

【通り】
大街，馬路★通りから遠い部屋の方がいいです／我比較想要遠離馬路的房間。

【通り】
來往，通行★電車の通りが非常に多い場所だ／電車來往頻繁的場所。

【通る】

（人、車）通過，走過★バスが家の前を通ります／巴士會經過家門前。

【通る】

穿過地方、場所★ここは風が通るから気持ちいいね／這邊很通風，叫人感到很舒服。

【回る】

巡迴；巡視，視察；周遊，遍歷★お巡りさんが自転車で街を回っているので安心です／看到警察騎著腳踏車在街道上巡迴感到很安心。

とき／時　時間、時候

【暫く】

暫時，暫且，一會兒，片刻；不久★しばらくお待ちください／請稍待片刻。

【時】

（某個）時候★靴を買うときは、履いて少し歩いてみるといいですよ／買鞋子的時候最好試穿，並且走幾步看看比較好喔！

【この頃】

近來，這些天來，近期；現在★このごろ、地震とか台風とかが多くて怖いね／最近不是地震就是颱風，好恐怖喔！

【この間】

最近；前幾天，前些時候★この間貸したお金、返してもらえるんでしょうね／上次借的錢，你應該得還我了吧？

【今夜】

今夜，今晚，今天晚上★今夜、飲みに行こうよ／今天晚上一起去喝兩杯吧！

【昔】

從前，很早以前，古時候，往昔，昔日，過去★この町は昔と違って、とても静かになりました／這座城鎮變得非常安靜，和以前不一樣了。

【時代】

古色古香，古老風味；顯得古老★時代のついた茶碗／古色古香的碗。

【昼間】

白天，白日，晝間★昼間だから込んでいると思いましたが、一人もいなかった／原本以為白天時段會很擁擠，結果一個人也沒有。

【場合】

場合；時候；情況★ 20 分以上遅れた場合は、教室に入ることができません／如果遲到超過 20 分鐘，就無法進入教室。

Track-036

ところ／所　地方

【点】

物體表面上看不清的小東西，點★電車が点となって消えた／電車變成點後消失了。

【真ん中】

正中，中間，正當中★パンのお皿を持ってきて、テーブルの真ん中においてください／請把麵包盤端來，擺在餐桌的正中央。

【隅】
角落★その人形は、ほこりをかぶって部屋の隅に立っていた／那個人偶布滿了灰塵，站在房間的角落。

【引き出し】
抽屜★使ったはさみは引き出しに片付けてください／使用完的剪刀請放回抽屜裡。

【押し入れ・押入れ】
壁櫥，壁櫃★彼は押し入れの中で寝ていました／他在壁櫥裡睡覺。

【屋上】
屋頂上，房頂上，房上面，屋頂平臺★屋上から見る町は、おもちゃのようだ／從屋頂上俯瞰整座城鎮，猶如玩具模型一般。

【受付】
傳達室，接待處；接待員，傳達員★6時に会場の受付のところに集まったらどうでしょう／如果訂6點在會場報到處集合，你覺得如何？

【喫煙席】
吸煙區★禁煙席または喫煙席、どちらがよろしいですか／請問您想坐在禁菸區還是吸菸區呢？

【新聞社】
報社，報館★学生は、将来新聞社に勤めたいと言っている／大學生說他將來想到報社工作。

【研究室】
研究室★田中先生の研究室に電話をかけたが、誰もいなかった／打了電話到田中老師的研究室，但是沒有人接聽。

【会議室】
會議室★この箱は、会議室に運んでください／請把這個箱子搬去會議室。

【事務所】
事務所，辦事處★私の事務所は向こうに見える12階建てのビルの3階だ／我的事務所就在從這邊看過去對面那棟十二層大樓的三樓。

【警察】
警察局的略稱★警察で事件の経緯を調べています／在警察署調查案件的經過。

【コインランドリー】coin-operatedlaundry 之略
自助洗衣店★銭湯のそばにコインランドリーがある／公共澡堂的隔壁有家自助洗衣店。

【運転席】
駕駛座，司機座★後ろの席の方が、運転席の隣よりゆったりできます／坐在後座比坐在駕駛座旁邊更能好好休息。

【飛行場】
機場★国に帰る前に、飛行場でお土産を買いました／回國之前，在機場買了伴手禮。

【空港】
飛機場★新しい空港を作る／建造新機場。

【湖】
湖，湖水★琵琶湖は日本で一番大きい

湖です／琵琶湖是日本的第一大湖。

【海岸】
海岸，海濱，海邊★ホテルから海岸まで 300 メートルしかありません／從旅館到海邊只距離 300 公尺。

【田舎】
鄉下，農村★年を取ったら、田舎に住みたいです／等我上了年紀以後想住在鄉下。

【地理】
地理學科，地理知識★地理とか歴史とか、社会科は好きじゃありません／我不喜歡讀地理和歷史之類的社會科。

Track-037

ととのえる／整える	整理、調整

【気分】
（身體狀況）舒服，舒適★夕方になってきましたね。ご気分はいかがですか／傍晚了，您覺得身體如何呢？

【支度】
外出的打扮，整理★旅支度をする／準備旅行。

【具合】
健康情況；狀態★おかげ様で、具合はずいぶんよくなってきました／託您的福，身體的狀況已經好多了。

【飾る】
排列（得整齊漂亮）★本を買って本棚に飾る／買了書籍，陳列在書架上。

【片付ける】
（把散亂的物品）整理，收拾，拾掇★テーブルは三つだけにして、他は片付けてください／桌子只留下三張就好，其他的請收起來。

【下げる】
撤下；從人前撤去、收拾物品★食事の後におぜんを下げるお手伝いをした／飯後幫忙收拾飯桌。

とまる／止まる・泊まる	停下、停泊、過夜

【駐車場】
停車場，停放汽車的場所和設施★ここから 500 メートルぐらい行ったところに駐車場があります／從這裡走五百公尺左右，有一座停車場。

【オフ】off
沒有日程、工作安排★オフの日は、朝ゆっくり起きてもいい／不上班的日子，早上可以盡情睡到飽再起床。

【オフ】off
機械、電燈等關閉★マイクをオフにする／關上麥克風。

【番線】
…號月臺★品川なら向こうの 3 番線からお乗りください／要去品川的話，請在對面的三號月台搭車。

【港】
港，港口；碼頭★船が港に近づいた／

船舶接近了碼頭。

【下宿】
寄宿在別人家中的房間裡，租房間住，住公寓★高三の娘は大学に入ったら、下宿すると言っている／高三的女兒說她一考上大學就要搬去外面租房間住。

【旅館】
旅館，旅店★温泉街はホテルや旅館がたくさんあって、にぎやかです／溫泉小鎮裡有許多旅館和旅店，很熱鬧。

【止める】
止；堵；憋，屏；關，關閉★傷から流れる血を止めたい／想止住從傷口流出的血。

【止まる】
停，停止，停住，停下，站住★これは、食べ始めると止まらない／這個一旦開始吃，就會愈吃愈想吃。

【泊まる】
投宿，住宿，過夜★泊まるところは、出発前に予約した方がいいと思う／我覺得住的地方最好在出發前就先預約。

【止む】
休，止，停止，中止，停息★今日は雪だけど、夕方には止むと天気予報で言っていました／氣象預報說過，今天雖然會下雪，但是到傍晚就會停了。

【残る】
留，在某處留下★家に残る／留在家裡。

とめる／止める	止、停止

【それはいけませんね】
這樣下去可不行呢★「ときどき頭が痛くなるんです。」「それはいけませんね。病気かもしれませんから。」／「我常常頭痛。」「那可真糟糕，說不定是生病了！」

【通行止め】
禁止通行★土砂崩れで、道路が通行止めになっています／由於土石流而封鎖道路。

【駐車違反】
違規停車，違法停車★彼は駐車違反で罰金をとられた／他因為違規停車而遭到了罰款。

【急ブレーキ】きゅう brake
緊急煞車★バスは急ブレーキをかけることがありますから、気をつけてください／巴士有時會緊急煞車，務必小心。

【禁煙席】
禁菸區★禁煙席を選ぶ／選擇禁菸區。

【止める】
停下、停止動作★ビルの前は車を止めてはだめなんですよ／大樓前不可以停車喔！

Track-038

とる／取る	奪取

【首】

撤職，解雇，開除★今日会社を首になった／今天被公司解雇了。

【落とす】
攻陷★敵陣を落とす／攻陷敵人的陣營。

【落とす】
殺害★命を落とす／喪命。

【払う】
趕，除掉★体を動かして寒さを払いのけましょう／動動身體趕走寒氣。

【払う】
拂，撣★ほこりを払う／撣除灰塵。

ない　不、沒、缺、空

【裏】
背面★紙の裏に書いている／寫在紙張的背面。

【キャンセル】cancel
取消（合約等）；作廢★予約のキャンセルは前日までにお願いいたします／如欲取消預約，最晚敬請於前一天辦理。

【消しゴム】けし＋（荷）gom
橡皮擦，橡皮，能擦掉鉛筆等書寫痕跡的文具★消しゴムがどこかに行ってしまった／橡皮擦不知道到哪裡去了。

【包む】
籠罩，覆蓋；隱沒；沉浸★霧に包まれた湖／隱沒在霧中的湖泊。

【無くす】
遺失★なくしたかばんはどれくらいの大きさですか／請問您遺失的提包大概有多大呢？

【落とす】
失落，丟掉，遺失★財布を落としたため、交番に行きました／由於掉了錢包，所以去了派出所。

【乾く】
乾燥；因熱度等使水分減少而乾燥★今日はいい天気なので、洗濯物はもう乾いている／今天太陽很大，所以洗好的衣服已經乾了。

【欠ける】
（月亮的）缺，虧★お月さまが欠けている／月缺。

【欠ける】
缺少，欠，不足，不夠，缺額★医者が1名欠ける／缺了一位醫師。

【下りる】
卸下，煩惱等沒了★大掃除をして、ようやく肩の荷がおりる／大掃除一番，終於感到心裡的負擔卸下了。

【無くなる】
沒了，消失★お店から出たら、入り口に置いておいた傘がなくなっていた／一走出店外，發現原本放在入口處的傘不見了。

【空く】
容器中的東西完全被使用掉了，空了；某處變空★瓶が空いた／瓶子空了。

なおす／直す	改正、修理

【止める】
忌；改掉毛病、習慣★健康のためなら、タバコも酒も止めます／假如是為了健康著想，就該戒菸和戒酒。

【直す】
修理，恢復，復原★壊れた冷蔵庫を直す／修理壞了的冰箱。

【直す】
修改，訂正；修正不好的地方★作文を先生に直していただかないといけない／不把作文拿去給老師修改是不行的。

【直す】
改正壞習慣、缺點★悪いところを直す／改掉不好的地方。

【直る】
改正過來，矯正過來★発音が直らない／發音很難矯正。

【直る】
修理好，使機能恢復★調子が悪かったPCがやっと直りました／終於把運作不太順暢的電腦拿去修好了。

なおす／治す	醫治

【看護師】
護士，護理人員★音楽の先生になりたいと思っていました。今は看護師になろうと思っています／我以前想當音樂老師，現在則希望成為護理師。

【お医者さん】
醫生，大夫★子どもが、お医者さんを見て泣き出しました／小孩一看到醫師就哭了起來。

【歯医者】
牙醫，牙科醫生★歯医者にセラミックの歯を２本入れてもらった／請牙醫師裝了兩顆全瓷牙冠。

【入院】
住（醫）院★入院しなくてもできる簡単な手術です／這是一項不必住院就能完成的小手術。

【治る】
病醫好，痊癒★こんな傷は薬を付ければすぐに治るよ／這點小傷只要擦擦藥很快就好囉！

Track-039

ながれる／流れる	流動

【気】
氣，空氣，大氣★山には山の「気」がある／山上有山氣。

【空気】
空氣★窓を開けて、新しい空気を入れましょう／把窗戶打開換個新鮮空氣吧！

【血】
血，血液★ここ、どうしたの。血が出

ているよ／你這裡怎麼了？流血了耶！

【水道】
自來水（管）；航道，航路★私はガス代や水道代を払いに行ってくる／我去繳交瓦斯費和水費。

【雲】
天空中的雲，雲彩★空に白い雲が浮かんでいる／天空飄著白雲。

【通う】
通，流通；迴圈★電流が通っている／通有電流。

【過ぎる】
過，過去，逝去；消逝★暑い夏が過ぎて、涼しい秋になった／炎熱的夏天已過，涼爽的秋天來臨了。

なる／鳴る	鳴、響

【ベル】bell
鈴，電鈴；鐘★ベルが鳴ったら、書くのをやめてください／鈴聲一響就請停筆。

【糸】
（樂器的）弦，琴弦，箏，三弦，彈箏、三弦(的人)★三味線の糸／三弦的琴弦。

【ピアノ】piano
鋼琴★ 50 歳を過ぎてから、ピアノを習い始めたいと思います／我想在過了 50 歲以後開始學鋼琴。

【調べる】
調音；奏樂，演奏★ピアノの調子を調べる／調鋼琴的音。

【鳴る】
鳴，響★時計が鳴ったのに起きなかった／鬧鐘已經響了卻沒有起床。

ぬすむ／盗む	偷竊

【泥棒】
小偷★泥棒に入られた／遭了小偷。

【掏り】
扒手★クレジットカードが入った財布がすりに盗まれた／放了信用卡的錢包被扒手偷走了。

【盗む】
偷盜，盜竊★買ったばかりの自転車が盗まれた／才剛買的自行車被偷了。

ねむる／眠る	睡覺

【夢】
夢境，夢★夢に死んだ祖母が出てきた／已過世的奶奶出現在我的夢裡。

【布団】
被褥，鋪蓋★絵本を読んであげるから、早く布団に入りなさい／我讀圖畫書給你聽，快點上床！

【昼休み】
午休；午睡★昼休みにみんなで体操をするのは、この会社の習慣です／在午休時段大家一起做體操是這家公司的慣例。

【眠い】

困，困倦，想睡覺★昨日遅くまで勉強したので、今はとても眠いんです／昨天用功到很晚，結果現在睏得要命。

【眠たい】

困，困倦，昏昏欲睡★眠たかったら冷たい水で顔を洗ってきなさい／如果覺得睏，就去用冷水洗把臉！

【寝坊】

早上睡懶覺，貪睡晚起（的人）★寝坊して、友達を１時間も待たせてしまいました／我睡過頭，害朋友足足等了一個鐘頭。

【朝寝坊】

早晨睡懶覺，起床晚，愛睡懶覺的人★朝寝坊したせいで、新幹線に乗れなかった／早上睡過頭了，結果來不及搭上新幹線。

【眠る】

睡覺★お風呂の後にマッサージするとよく眠れます／洗完澡後按摩，就能睡個好覺。

のる／乗る	乘坐、傳播

【急行】

快車★この電車は急行ですから、花田には止まりませんよ／這班電車是快速列車，所以不會停靠花田站喔！

【乗り物】

乘坐物，交通工具★ディズニーについたら、最初にどの乗り物に行きますか／一到迪士尼樂園，你想最先搭的遊樂器材是哪一種呢？

【オートバイ】 auto bicycle

摩托車★僕はオートバイに乗れます／我會騎摩托車。

【汽車】

火車，列車★汽車が長いトンネルに入った／列車進入了長長的隧道。

【船・舟】

船；舟★船から島が見えた／從船上看到了島嶼。

【出す】

發表；登，刊載，刊登；出版★広告を新聞に出す／在報上刊登廣告。

Track-040

はいる／入る	進入

【内】

（特定範圍之）內，中★１日３回の食事のうち、２回は魚を食べましょう／一天三餐，其中兩餐要吃魚喔。

【内側】

內側，裡面★箱の内側にきれいな紙を貼ります／在盒子的內側貼上漂亮的紙。

【家内】

家內，家庭，全家★家内安全／家族平安。

【国内】

國內★夏休みに国内旅行に行く人は海外旅行を大きく上回る／暑假在國內旅遊的人數遠遠超過出國旅遊的人數。

はえる／生える	生、長

【毛】
頭髮；胎髮，胎毛，寒毛★髪の毛は細くてやわらかい／頭髮又細又柔軟。

【毛】
動物的毛；羽毛★うちのペットは、白くて、後ろの足だけ黒い、毛の長い猫です／我家的寵物是一隻通體白色，只有後腳是黑色的長毛貓。

【髪】
髮，頭髮；髮型★髪の毛を切ったら、変になった／把頭髮剪短以後，看起來怪怪的。

【ひげ】
鬍鬚，鬍子，髭鬚，髯鬚★ひげを伸ばすかどうか、迷っている／我正在猶豫要不要留鬍子。

【草】
草★涼しい風が吹いて、草が波のように揺れた／涼風吹過，草像波浪一般搖晃。

【枝】
樹枝★庭の木の枝が、ちょっと伸び過ぎだ／院子裡的樹枝有點太長了。

【葉】
葉★木の葉が赤くなった／樹葉轉紅了。

【森】
森林★森の中で、道に迷ってしまいました／在森林裡迷路了。

【林】
林，樹林★林の中で虫にさされた／在樹林裡被蟲子叮了。

はかる／計る	測量

【月】
月★一月七日には、「七草がゆ」を食べることになっています／依照傳統風俗，會在 1 月 7 日這天吃「七草粥」。

【…目】
（表示順序）第…★あの後ろから 2 番目の男の人、よくテレビに出てる人じゃない？／倒數第二個男人，是不是常常上電視的那個人呀？

【程】
程度★桜ほど日本人に愛されている花はありません／沒有任何花能像櫻花這樣廣受日本人的喜愛。

【熱】
（體溫）發燒，體溫高★薬を飲んだので、熱が下がりました／因為吃了藥，所以退燒了。

【大匙】
調羹、烹調用的計量勺之一★カップ三杯の水に大さじ一杯の砂糖を混ぜます／在三杯水裡加入一大匙糖。

【小匙】

小匙；小勺★熱いコーヒーに小さじ１のはちみつを入れて飲むのが好きです／我喜歡在熱咖啡裡加入一小匙蜂蜜飲用。

はじまる／始まる	開始

【最初】

最初；起初，起先，開始；頭，開頭；第一，第一次★まっすぐ行って、最初の角を右に曲がります／直走，在第一個街角右轉。

【一度】

一旦★一度始めたらやめられない／一旦開始就停不下來了。

【初心者】

初學者★初心者とは、初めて習う人、習ったばかりの人のことです／所謂初學者是指第一次學習的人，或是剛開始學習的人。

【出す】

開店★インターネットに自分の店を出す／在網路上開自己的店。

【始める】

開始★自分を変えたかったから、英会話を始めようと思っています／因為想要改變自己，所以打算開始學習英語會話。

Track-041

はたらく／働く	工作、勞動

【パート】part

打工，短時間勞動，部分時間勞動★母はスーパーで週三日、パートをしています／家母目前每星期在超市打工三天。

【アルバイト】(德) arbeit

打工★大沢君は、アルバイトばかりしているのに、成績がいい／大澤一天到晚忙著打工，成績卻很優異。

【用事】

事，事情★すみません。用事があるので行けません／不好意思，因為有事所以沒辦法去。

【用】

事情★君に用はない。帰れ／沒你的事，滾回去！

はなす／話す	談話

【何故】

為何，何故，為什麼★なぜ引っ越したいのですか／為什麼想搬家呢？

【会話】

會話，談話，對話★英語は挨拶くらいの会話しかできない／我英語會話的程度頂多只會問候。

【携帯電話】

手機，可攜式電話★会議中に携帯電話が鳴り出した／開會時手機響了。

【会議】

會議，會★会議の前に、携帯電話を切っておきます／請在會議開始之前關掉手機電源。

【相談】

提出意見，建議；提議★課長は部下の相談を断った／課長拒絕了部下提出的意見。

【煩い】

話多，愛嘮叨★私は煩いおやじだと思われているでしょうね／別人都認為我是個愛嘮叨的老頭吧！

【相談】

商量；協商，協議，磋商；商談；商定，一致的意見★彼女は誰にも相談せずに留学を決めた／她沒和任何人商量就決定去留學了。

【伝える】

傳達，轉告，轉達；告訴，告知★お父様、お母様によろしくお伝えください／請向令尊令堂代為問安。

【尋ねる】

問；詢問；打聽★外国人は私に道をたずねました／外國人向我問了路。

【伺う】

請教，詢問，打聽★すみません。ちょっとお伺いしたいんですけど…／不好意思，請教一下…。

【騒ぐ】

吵，吵鬧；吵嚷★駅前で人が騒いでいる。事故があったらしい／車站前擠著一群人鬧哄哄的，好像發生意外了。

はなれる／離れる	分離、分開

【行ってらっしゃい】

路上小心★行ってらっしゃい。傘は持ったの／路上小心。傘帶了沒？

【行って参ります】

我出去了★社長、今から山下さんを迎えに行ってまいります／報告社長，我現在要出發去接山下先生。

【ずっと】

遠遠，很，時間、空間上的遙遠貌★ずっと前から君が好きでした／從好久之前我就喜歡你了。

【置き】

每間隔，每隔★この薬は6時間おきに飲んでください／這種藥請每隔6小時服用。

【遠く】

遠遠，差距很大★昨年のタイムに遠く及ばない／遠遠不如前年的那個時候。

【遠く】

遠方，遠處★遠くに山が見えます／能夠遠遠地眺望山景。

【郊外】

郊外，城外★郊外に住むのはちょっと不便ですね／住在郊區不太方便吧？

あいだ【間】
開間，空隙，縫隙★間を空けずに座る／不要有間隔地緊鄰而坐。

あいだ【間】
之間，中間★デパートと銀行の間に、広い道があるんです／百貨公司與銀行之間，有條寬廣的道路。

あいだ【間】
期間，時候，工夫★昨日、留守の間、どろぼうに入られたんです／昨天不在家時，被小偷闖了空門。

わ【割れる】
分裂；裂開★意見が割れる／意見分歧。

わか【別れる】
分散，離散★兄弟は別れて育った／兄弟分散，在不同的環境下成長。

わか【別れる】
離別，分手★恋人と別れたが、どうしても彼女のことが忘れられない／雖然和情人分手了，但我實在無法忘記她。

あ【空く】
出現空隙或者空隙變大★行間が空いている／行與行之間空隙變大。

ひら【開く】
加大，拉開(數量、距離、價格等的差距)★3万票以上の差が開いた／拉開三萬票以上的差距。

お【落ちる】
掉落；脫落；剝落；卸，脫★色が落ちる／掉色。

Track-042

はやい／早い・速い	早的、快的

ただいま ただいま【唯今・只今】
馬上，立刻，這就，比現在稍過一會兒後★ただいま、お調べしますので、お待ちください／現在立刻為您查詢，敬請稍候。

す【直ぐに】
立刻，馬上★電車は、動き出したと思ったら、またすぐに止まった／電車正要開動，卻又馬上停了下來。

きゅう【急に】
忽然，突然，驟然，急忙★ピアノ教室の生徒さんは急に多くなって、去年の2倍になりました／鋼琴教室的學生忽然增加，達到了去年的兩倍。

ま【先ず】
先，首先，最初，開頭★僕は朝起きたら、まずシャワーを浴びます／我早上起床第一件事就是去沖澡。

ちかみち【近道】
近路，近道，抄道★畑の中を行けば近道だ／從田地穿過去就是捷徑。

せんぱい【先輩】
先輩，先進，(老)前輩；高年級同學，師兄(姐)，老學長；職場前輩，比自己早入公司的人★今日は先輩におごってもらった／今天讓學長破費了。

よやく【予約】
預約；預定★このレストランは、半年

先まで予約でいっぱいです／這家餐廳的預約已經排到半年後了。

【天気予報】

天氣預報★天気予報では午前中はいい天気だそうですよ／根據氣象預報，上午應該是好天氣

【急】

突然，忽然，一下子，事物發生無前兆，變化突然★彼のプロポーズがとても急だった／他的求婚非常突然。

【出す】

加速；鼓起，打起★スピードを出しすぎると疲労が出やすい／開快車會更容易感到疲勞。

【急ぐ】

趕緊；為了早點到達目的地而加速前進★日没が近いので下山を急いだ／太陽快要落下了，急著下山。

はらう／払う　支付

【公共料金】

公共費，包括電費、煤氣費、水費、電話費等★4月から電気、ガス、水道などの公共料金が高くなる／四月份起，水電瓦斯等公共事業費用即將調漲。

【値段】

價格，價錢★A店の値段とB店の値段を比べます／比較A店的價格和B店的價格。

【レジ】register 之略

現金出納員，收款員；現金出納機★スーパーでレジの仕事をすることになりました／我找到在超市結帳收銀的工作了。

【キャッシュカード】cashcard

現金卡★財布を落として、キャッシュカードも一緒になくしてしまった／弄丟錢包，連現金卡也一起不見了。

【クレジットカード】creditcard

信用卡★先月、クレジットカードで買い物をし過ぎました／上個月刷信用卡買太多東西了。

【払う】

支付★お金を払わなかったので、携帯電話を止められた／因為沒有繳錢，手機被停話了。

【出す】

出資；供給；花費★家を買うために親が資金を出す／父母出錢為子女買房。

ひえる／冷える　變涼

【冷房】

冷氣設備；冷氣，使室內變涼爽的設備★うちの冷房が故障してしまった／我家的冷氣故障了。

【濡れる】

淋濕，濕潤，滲入水分★夜遅く雨が降ったらしく、道路が濡れている／深夜似乎下過雨，路上濕濕的。

【冷える】

變冷，變涼，放涼★冬でも暖房のよく効いた部屋で、冷えたビールを飲む人が多くなった／有愈來愈多人即使是冬天，也會在開著很強暖氣的房間裡喝冰啤酒。

Track-043

ひかる／光る	發光

【光】

光，光亮，光線★音や光の出るカメラで写真を撮らないでください／請不要用會發出聲響或閃光的相機拍照。

【星】

星斗，星星★星が出ているから、明日は晴れるでしょう／星星出現了，所以明天應該是晴天吧。

【日】

日，太陽★東から日がのぼる／太陽從東邊升起。

【月】

月亮★雲の間から月が出てきた／月亮從雲隙間出現了。

【電灯】

電燈，依靠電能發光的燈★勉強しようと電灯をつけたばかりなのに、もう寝てしまった／為了用功才剛剛把燈打開，卻睡著了。

【日】

陽光，日光★夏の日が強い／夏天的陽光強烈異常。

【光る】

發光，發亮★山の下には町の灯りがきらきら光っていた／山腳下，城鎮的燈火閃閃發亮。

【映る】

反射★犬は窓ガラスに映った自分の姿に吠えています／狗朝著自己映在玻璃窗上的身影吠個不停。

ひと／人	人

【方】

位，代指人★いらっしゃいませ。初めての方ですか／歡迎光臨！請問是第一次上門的顧客嗎？

【年】

年老★もう年ですから、終活しようと思う／已經年邁了，我想為死亡來做些準備了。

【市民】

市民，城市居民；公民★古い家屋が市政府によって取り壊されたため、市民らが強く抗議した／由於老屋遭到市政府拆除，因而引發了市民的強烈抗議。

【公務員】

公務員；公僕★昔と違って、今は公務員も大変です／不同以往，現在的公務員工作繁重。

【警察】

員警★警察が泥棒を捕まえてくれた／警察為我們抓住了小偷。

【警官】

員警；警官的通稱★僕は警官として、社会のために働く／我以警官的身分為社會服務。

【高校生】

高中生★高校生にはタバコを売ってはいけません／不可以將香菸賣給高中生。

【大学生】

大學生★大学生なら、このくらいの本が読めるだろう／既然是大學生，這種程度的書應該看得懂吧？

【運転手】

司機，駕駛員，從事駕駛電車、汽車工作的人★電車の運転手になるのが夢です／我的夢想是成為電車的駕駛員。

ひとしい／等しい　相同

【ながら】

照舊，如故，一如原樣★昔ながらの味／一如往昔的古早味。

【まま】

原封不動；仍舊，照舊★その格好のままで、クラブに入れないよ／不要穿成那副德性進去夜店啦！

【似る】

像，似★母親に似て、娘もまた頭がいい／女兒像媽媽一樣頭腦聰明。

【合う】

一致，相同，符合★彼と意見が合う／與他意見相同。

ひらく／開く　開放

【文化】

文化；文明，開化★日本の文化を世界に紹介しようと思います／我想將日本文化介紹給全世界。

【開く】

開，開著；把原本關著的物品打開★戸が開く／門開著。

【開く】

開放，綻放；敞開；傘、花等從收起的狀態打開★花のつぼみが開く／花蕾綻放。

Track-044

ふるまう／振る舞う　動作、行動

【きっと】

嚴峻★きっと睨み付ける／嚴厲地瞪了一眼。

【気】

氣度，氣宇，氣量，器量，胸襟★気が小さい／胸襟狹小。

【熱】

熱情，幹勁★仕事も趣味も熱を入れている／工作跟興趣都很有幹勁。

【痴漢】

色情狂，色狼，對他人進行騷擾的人★

電車で痴漢にあった／我在電車上遇到色狼了。

【ユーモア】humor
幽默，滑稽，詼諧★私は格好いい人よりも、ユーモアのある人が好きです／比起體格壯碩的人，我更喜歡具有幽默感的人。

【遠慮】
客氣★遠慮なくいただきます／那我就不客氣的享用了。

【盛ん】
熱心積極★盛んに活動する／熱心積極地活動。

【随分】
殘酷，無情，不像話★そんなことを言うなんて随分な奴だ／竟說出那種話，真是冷酷無情的傢伙。

【失礼】
失禮，不禮貌，失敬★失礼なことを言われたら、あなたはどうしますか／被人說了失禮的話，你會怎麼處理呢？

【自由】
自由；隨意；隨便；任意★思ったことを自由に話してください／想到什麼請自由發言。

【親切】
親切，懇切，好心★誠君は体が大きくて、親切で、とても男らしい人です／小誠體格壯碩又待人親切，是個很有男子氣魄的人。

【真面目】
認真，正直，耿直★まさか、真面目なアリさんが遊びに行くはずがありませんよ／那麼認真的亞里小姐總不可能去玩吧？

【堅い】
可靠，安穩，有把握的，一定會的，確實★公務員のような堅い職業／如同公務員一般安穩的職業。

【厳しい】
嚴；嚴格；嚴厲；嚴峻；嚴肅★今度の新しい部長は、厳しい人だそうです／這次新上任的部長聽說要求很嚴格。

【細かい】
吝嗇，花錢精打細算★うちの夫はとてもお金に細かいです／我老公很會精打細算。

【優しい】
和藹；和氣；和善；溫和，溫順，溫柔★村の人はみんなやさしい／村民都很和氣。

【柔らかい】
溫柔，溫和★人当たりが柔らかい／給人溫和的好印象。

【確り】
堅強，剛強，高明，堅定，可靠，人的性格、見識等踏實而無風險★しっかりした娘／可靠的姑娘。

【飾る】
粉飾，只裝飾表面、門面★無理矢理に自信を持とうとすると、うわべを飾るだけになるよ／如果勉強裝出自信十足的樣子，就只會像是虛張聲勢而已喔。

まつる／祭る	祭祀

【お祭り】
慶典，祭祀，廟會★お祭りの踊りを見物した／觀賞了祭典上的舞蹈。

【神社】
神社，廟★お祭りのときの写真が神社に貼ってある／祭典時拍攝的照片貼在神社裡。

【寺】
廟，佛寺，寺廟，寺院★日本人は、大みそかは寺に行き、元旦は神社に行く／日本人會在除夕夜去寺院，元旦則到神社參拜。

【教会】
教會，教堂★結婚式は教会で挙げることにしました／婚禮決定在教會舉行了。

【参る】
參拜★京都のお寺に参る／參拜京都的佛寺。

まとめる／纏める	集中、完成

【ファイル】file
合訂本；匯訂的文件；匯訂的卡片；卷宗，檔案★昔のファイルを整理していた／整理了以前的檔案。

【主人】
家長，一家之主；當家的人★僕は一家の主人として、家族を守る／我以一家之主的名義守護著家人。

【部長】
部長★部長は遅刻を許さない厳しい人です／部長為人嚴謹，不允許部屬遲到。

【課長】
課長★課長に書類を細かくチェックされました／科長仔細檢查了我交上去的文件。

【集める】
收集；彙集；湊（物品）★論文を書くために、資料を集めます／為了寫論文而蒐集資料。

【集まる】
眾多人或物聚集★ 8 時半に出発しますから、20 分までにホテルの前に集まってください／因為早上 8 點半要出發，最晚請於 8 點 20 分之前在旅館門口集合。

【足す】
辦事，辦完★私用を足す／辦完私事。

Track-045

みちびく／導く	引導

【無理】
強制，硬要，硬逼，強迫★無理に笑わなくていい／無須強顏歡笑。

【案内】
引導，嚮導；導遊，陪同遊覽★東京の友達が新宿を案内してくれました／住在東京的朋友為我導覽了新宿。

【釣る】

勾引，引誘，誘騙★お金で人を釣る／用錢引誘人。

みる／見る｜看

【はっきり】

物體的輪廓清楚，鮮明而能與其他東西明顯分開★島がはっきりと見える／清清楚楚地看得見島嶼。

【夢】

夢想，幻想；理想，目標★ 50 歳を過ぎても、夢を追い続けたい／即使過了五十歲，也想持續追逐夢想。

【見物】

遊覽，觀光，參觀；旁觀；觀眾；旁觀者，看熱鬧的★今日は京都を見物して、明日は大阪に向かうつもりだ／我計畫今天在京都觀光，明天前往大阪。

【花見】

看花，觀櫻，賞(櫻)花★「お花見」は、春に桜の花を見て楽しむことです／「賞櫻」指的是在春天欣賞櫻花。

【景色】

景色；風景；風光★うわあ。こんな景色、日本では見られないね／哇！這麼壯觀的景色在日本看不到吧！

【表】

外表，外觀★表を飾る／裝飾外表。

【格好・恰好】

樣子，外形，形狀，姿態，姿勢★オシャレな格好で出かける／打扮得漂漂亮亮出門去。

【ご覧になる】

看；為「見る」的尊敬語★パンダの赤ちゃんはご覧になりましたか／熊貓寶寶已經開放參觀了嗎？

【拝見】

拜讀；瞻仰，看★先ほどのメールを拝見いたしました／已經拜讀了剛才的來函。

【見える】

看見，看得見★部屋の窓から富士山が見えます／從房間的窗戶可以遠望富士山。

【映る】

看，覺得★ 人の目にどう映るかなんて、どうでもいい／我才不管人們會怎麼看。

【光る】

出眾，出類拔萃★ドラマで彼女がいちばん光っている／連續劇中她最出色。

むかえる／迎える｜迎接、接待

【ようこそ】

歡迎，熱烈歡迎★ようこそ。どうぞお上がりください／歡迎歡迎！請進。

【お帰りなさい】

回來啦，歡迎回家★お帰りなさい。雨の中、大変でしたね／回來了呀。外面下雨，很不方便吧？

【唯今・只今】

我回來了★「お帰りなさい。」「ただいま。」／「回來啦。」「我回來了。」

【歓迎会】

歡迎宴會，歡迎會★すばらしい歓迎会を開いてくれて、ありがとうございます／感謝大家為我舉辦這場盛大的迎新會。

【客】

客人，賓客，貴賓★客を招く／邀請賓客。

【応接間】

客廳，會客室；接待室★山本様、お待たせいたしました。応接間にご案内いたします。こちらへどうぞ／山本先生，恭候大駕！請隨我到會客室。請往這邊走。

【迎える】

迎接；歡迎；接待★父が車で迎えに来てくれた／爸爸開車來接我了。

Track-046

むく／向く	朝向、趨向

【一方通行】

只傳達單方面的意見，不傳達反對意見★話が一方通行だ／傳遞單方面的話語。

【背中】

背後，背面★敵の背中に回る／繞到敵人背後。

【坂】

坡，坡道；斜坡，坡形★男が息を切らせて、坂を登ってきた／那男人上氣不接下氣地爬上了山坡。

【方】

方面★今は甘いものより辛いもののほうが好きです／現在比起甜食，更喜歡吃辛辣的東西。

【方】

方，方向★南の方／南方。

【表】

表面，正面★コインの表が 10 回連続で出る／錢幣的正面連續出現十次。

【裏】

後面，後邊★彼は車を会社の裏に駐車しました／他把車子停到了公司後面。

【反対】

相反★その店は道の反対側にあります／那家店在道路的那一邊。

【急】

陡，傾斜程度大，險峻★こんな急な山は怖くて登りたくない／根本不想爬這麼陡峭、嚇人的山。

【逃げる】

避開，閃避，逃避★仕事から逃げたい／想逃離工作。

【下がる】

向後倒退，後退，往後退★三歩進んで二歩下がる／前進三步，退後兩步。

【下げる】

使後退，向後移動★みんなで協力して、車を下げていた／大家通力合作把車子向後倒推。

【向かう】

相對；面對著；朝著；對著★東京に向かう地下鉄の工事は進んでいる／向東京延伸的地鐵工程正進行中。

むずかしい／難しい　困難的

【やっと】
好不容易，終於，才★「中田さん、お体の具合はどうですか。」「ええ、やっと良くなりました。」／「中田先生，您身體還好嗎？」「託您的福，終於康復了。」

【無理】
難以辦到，勉強；不合適★車を持ち上げるなんて、無理だよ／想把車子抬起來，不可能啦！

【複雑】
複雜，結構或關係錯綜繁雜★この事件は複雑だから、そんなに簡単には片付けられないだろう／這起事件很複雜，應該沒有那麼容易解決吧。

【難い】
困難；不好辦★この薬は苦くて飲みにくいです／這種藥很苦，很難吞嚥。

【厳しい】
困難★就職は厳しい／就業很困難。

もの　物品

【糸】
魚線，釣絲；線狀，似線的細長物★川に糸を垂れる／在河川垂釣。

【糸】
紗線，用於紡織、手工編織、縫衣、刺繡等的線★毛糸でセーターを編みます／用毛線編織毛衣。

【ナイロン】nylon
（紡）尼龍，耐綸；錦綸★ナイロンのストッキングはすぐ破れる／尼龍絲襪很快就抽絲了。

【毛】
毛線，毛織品★毛のシャツを作っていた／編織毛線襯衣。

【絹】
絲綢，綢子，絲織品★お土産に絹のハンカチをいただきました／人家送了我絲綢手帕的伴手禮。

【木綿】
棉花的棉，棉花；木棉樹★家で洗濯することができるもめんの服を探しています／我正在找可以在家裡洗滌的棉質衣服。

【石】
石頭★学者は新しい石を発見しました／研究學家發現了新礦石。

【砂】
沙子★浜辺にいる子どもたちが砂のお城を造っている／在海邊玩的孩子們正在堆沙堡。

【ガラス】(荷) glas
玻璃★ガラスが割れていたので、テープを貼って直した／由於玻璃破了，所以貼上膠帶修好了。

かたち
【形】
姿態，容貌，服飾★形の美しい人／容貌姣好的人。

かたち
【形】
外形，形狀，樣子★この木は、人のような形をしています／這棵樹長得像人的形狀。

こんろ
【ガスコンロ】(荷) gas＋焜炉
煤氣灶★ガスコンロの周りをスポンジなどで汚れを落とします／用海綿等刷洗瓦斯爐周圍的油垢。

かんそうき
【乾燥機】
烘乾機★乾燥機が動いている時は、ドアを開けないでください／烘乾機運轉時請不要開門。

【マウス】mouse
滑鼠★マウスを縦と横に動かして、絵を描きます／將滑鼠上下左右移動來繪圖。

たたみ
【畳】
榻榻米★畳の上で寝てたら、体が痛い／睡在榻榻米上，身體好痛。

【ハンドバッグ】handbag
（女用）手提包，手包，手袋★グッチのハンドバッグを買うために、節約している／為了買下古馳的手提包而正在省吃儉用。

【スーツケース】suitcase
旅行用（手提式）衣箱★スーツケースが五つもあったので、タクシーに乗ってきました／由於行李箱多達五個，因此搭計程車去了。

わすもの
【忘れ物】
遺忘的東西★忘れ物をなさいませんよう、気をつけてお降りください／下車時請小心，不要忘記您的隨身物品。

とくばいひん
【特売品】
特價品★うちの特売品は安いから、よく売れている／本店的特價品很便宜，所以銷路很好。

Track-047

もよおす／催す　舉辦

しき
【式】
式；典禮，儀式；婚禮★小学校の入学式で、子どもたちは皆うれしそうだ／在小學的入學典禮上，每個孩子看起來都很開心呢。

かい
【会】
為興趣、研究而組成的集會★勉強会を作った／組織了一個研究會。

えんかい
【宴会】
宴會★宴会には大勢の客が集まった／這場宴會來了許多賓客。

そうべつかい
【送別会】
餞別宴會，歡送會辭別宴會★送別会のとき、あいさつをお願いしたいんだけど／舉辦歡送會時，想麻煩您致詞。

ごう
【合コン】
聯誼，男學生和女學生等兩個以上的小組聯合舉行的聯誼會★今夜の合コンには、お友達をたくさん連れて来てくださいね／今晚的聯誼請多帶一些朋友來喔！

【コンサート】concert

音樂會，演奏會★コンサートが、土曜日と日曜日にあるそうですね。どちらに行きますか／聽說演唱會在星期六和星期天各有一場，你要去哪一場呢？

【展覧会】

展覽會★私の絵の展覧会に、内田さんも来てくださった／內田先生也特地來看了我的畫展。

【開く】

（事物、業務）開始；開張★東京で国際会議が開かれます／將在東京舉行國際會議。

やさしい／易しい	簡單、容易

【近道】

捷徑；快速的方法或手段★英語を学ぶ近道はない／學英語沒有捷徑。

【簡単】

簡單；簡易，容易；輕易；簡便★新しく出るカメラ、もっと簡単になるんだって／新上市的相機聽說更容易操作使用。

【やすい】

容易，簡單★この自転車は、乗りやすいです／這輛自行車騎起來很輕鬆。

やめる／止める・辞める	中止、取消、放棄

【中止】

中止，停止進行★雨が降れば、旅行は中止です／假如下雨，就取消旅行。

【卒業】

畢業★大学卒業までに資格を取りたい／我想在大學畢業前考到證照。

【投げる】

放棄；不認真搞，潦草從事★面倒な仕事を投げた／潦草地做了繁瑣的工作。

【止める】

停止，放棄，取消，作罷★海外への旅行をやめる／不去國外旅行了。

【辞める】

辭去，辭掉★先生は今年で学校をお辞めになります／老師將在今年辭去教職。

【下りる】

退出，停止參與事務★売れなかったら、下りるしかないでしょう／如果賣不好，那就只好退出了。

【下りる】

退位，卸任，從職位上退下★総理の椅子を下りる／辭去總理的職務。

よる／因る	由於、因為

【に拠ると】

根據★天気予報によると、明日は雨らしい／根據氣象預報，明天可能會下雨。

【だから】

因此，所以★もう夕方だから、安くしておくよ／已經傍晚了，算你便宜一點吧！

【それで】

因此，因而，所以★最近、タバコをやめました。それで体がよくなりました／最近戒菸了，身體也跟著變好了。

【原因】

原因★事故の原因を調査しているところです／事故的原因正在調查當中。

【訳】

理由，原因，情由，緣故，情形，成為這種狀態結果的理由★ゴルフを始めて7年にもなるのに、全然うまくならないのはどういうわけだろう／從開始打高爾夫球都已經七年了，到現在還是完全沒有進步，到底是什麼原因呢？

【理由】

理由，緣故★「どうしていつも黒い服を着ているんですか。」「特に理由はないんです。」／「為什麼你總是穿著黑色的衣服呢？」「沒什麼特別的理由。」

【ため】

由於，結果★寒さのためにご飯が固くなった／因為寒冷飯粒變硬。

【お陰】

虧得，怪，多虧（因某事物而產生的結果）★君のミスのおかげでお客さんに怒られた／都怪你才讓我被客人責罵。

【はず】

道理，理由★1万円札がお釣りで来るはずがありません／不可能用一萬日圓鈔票找零。

Track-048

よろこぶ／喜ぶ　高興、值得慶賀

【お目出度うございます】

恭喜，賀喜，道喜★「実は東京の本社に転勤なんです。」「本社ですか。それはおめでとうございます。」／「老實說，我即將調任到東京的總公司上班。」「哇，總公司！真是恭喜！」

【正月】

過年似的熱鬧愉快★目の正月をさせてもらった／讓我大飽眼福。

【趣味】

愛好，喜好；興趣★私の趣味は旅行です／我的興趣是旅行。

【光】

光明，希望★平和の光が訪れた／和平的曙光降臨了。

【卒業式】

畢業典禮★卒業式も無事に終わって、学生生活もとうとう終わってしまった／畢業典禮順利結束，學生生涯終於劃下句點了。

【楽しみ】

樂，愉快，樂趣★人助けを楽しみとする／以助人為樂。

【楽しみ】
希望，期望★このドラマを毎週楽しみにしています／每星期都很期待收看這部影集。

【嬉しい】
高興，快活，喜悅，歡喜★「ありがとう」とお礼を言われるときは、とても嬉しいです／聽到別人道聲「謝謝」時，感覺非常高興。

【お祝い】
祝賀，慶祝★お祝いを申しあげます／向您祝賀。

【笑う】
笑，開心時的表情★彼女は、どんな時でも笑っている／她無論任何時候總是笑臉迎人。

【楽しむ】
期待，以愉快的心情盼望★成功よりも成長を楽しむ／與其成功更期待成長。

【楽しむ】
樂，快樂；享受，欣賞★夜景を眺めながら、一杯のワインをゆっくり楽しんだ／一面欣賞夜景，一面慢慢品味一杯紅酒。

わかい／若い　年輕、未成熟

【緑】
樹的嫩芽；松樹的嫩葉★緑の季節が始まった／樹木長出嫩芽的季節到來了。

【緑】
綠色，翠綠★美香ちゃん、洗濯するから、その緑色のシャツを脱いでください／小美香，我要洗衣服了，把那件綠色的襯衫脫下來。

【子】
小孩★男の子とお母さんが話しています／小男孩與母親說著話。

【娘さん】
姑娘，少女★街を行く華やかな娘さんたち／走在街上引人目不暇給的小姐們。

【お嬢さん】
小姐，姑娘；女青年★隣のお嬢さん、今日成人式みたい。きれいな着物着て、出ていったから／鄰居的小姐穿著漂亮的和服出門了，看來今天好像要參加成人禮。

【赤ん坊】
幼稚，不懂事★あいつはただの大きな赤ん坊だ／那傢伙只是一個幼稚的大寶寶。

【赤ちゃん】
小娃娃；不成熟的人★赤ちゃんじゃあるまいし、自分の事は自分でしなさい／又不是小娃娃，自己的事情自己做。

わかる／分かる　知道、理解

【もちろん】
當然；不用說，不消說，甭說，不待言；不言而喻★「今度お宅に遊びに行ってもいいですか。」「もちろん。大歓迎ですよ。」／「下次可以到府上玩嗎？」「當然可以，非常歡迎！」

【なるほど】
誠然，的確；果然；怪不得★「彼は、決して悪い人ではない。」「なるほど、君の言うとおりかもしれない。」／「他絕不是個壞人！」「有道理，你講的或許沒錯。」

【はっきり】
心情上明確，鮮明，痛痛快快★声に出して読んでいたら、頭がはっきりしてきた／唸出聲來頭腦就清晰明白了。

【予習】
預習★予習は「どこがわからないか」を知るために行うものです／預習是為了知道「哪裡不懂」所做的準備。

【復習】
複習★中学生になると、予習と復習を自分でやらなければなりません／成為中學生之後，預習和複習都必須自己來。

【通る】
能夠理解★これで意味が通る／這樣意思就通了。

Track-049

わける／分ける	分開、區別

【パート】part
部分；篇，章；卷★日本の文化に、日本料理はとても大事なパートです／日本文化中，日本料理佔了極重要的部分。

【前期】
前期，上屆；初期，上半期★子会社の数は前期と比べて1社増えました／與前期相較，子公司的數量增加了一家。

【後期】
後期，後半期★妊娠後期に入ると、いよいよ出産も近づいてきます／進入孕期後期，終於快要生產了。

【タイプ】type
型，型式，類型★軽くてノートのように薄いタイプのパソコンがほしいです／我想要一台重量輕、像筆記本一樣的薄型電腦。

わたし・あなた／私・貴方	我、你

【彼】
他★彼は3台も車を持っています／他擁有多達三輛車子。

【彼氏】
他，那一位★彼氏の車は僕のより高い／他的車子比我的貴。

【彼女】
她★昔の話をしたら、彼女は泣き出した／一聊起往事，她就哭了出來。

【彼等】
他們，那些人★彼らはこの問題について、一ヶ月も話し合っている／他們為了這個問題已經持續討論一個月了。

【此方】

我，我們，我方★そっちがその手でくるなら、こっちにも考えがある／如果你們這樣考量，那我方也有我方的考慮。

【君】
你★僕がそっちをやるから、あいさつは君が行ってくれ／我負責那邊的事，寒暄接待就交給你去了。

【僕】
我，男子指稱自己的詞★君には君の夢があり、僕には僕の夢がある／你有你的夢想，我有我的理想。

【皆】
全體人或物，大家★皆、よく聞いてください／請大家注意聽。

【お宅】
貴府，府上，家；您，您那裡，貴處★お宅の息子さん、東大に合格なさったそうですね／聽說貴府的少爺考上東大了。

【手前】
你的輕蔑說法★手前なんかに負けるものか／我絕不輸給你。

わるい／悪い	壞、不好

【インフルエンザ】influenza
流行性感冒★咳が止まらない。インフルエンザにかかったようだ／一直咳個不停，好像染上流行性感冒了。

【花粉症】
花粉症，由於花粉所引起的呼吸道過敏症，包括結膜炎、鼻炎、支氣管炎等★春は花粉症になる人が多いです／每逢春天，就會有很多人出現花粉熱的症狀。

【急】
緊急，危急★国の急を救う／拯救國家於危急之中。

【嘘】
不正確，錯誤★この問題の答えは嘘だ／這個問題的答案是錯誤的。

【無理】
無理，不講理，不合理★ネットであんなひどいことを言われたら、怒るのも無理はない／在網路上被說了那麼難聽的話，難怪會生氣。

【危険】
危險★（看板）この先危険。入るな／（告示牌）前方危險，禁止進入！

【駄目】
不好，壞★結婚なら、あの男は駄目だ／如果要結婚的話，那男人不好。

【変】
奇怪，古怪，反常，異常，不尋常★変な味がする。塩と砂糖を間違えた／味道怪怪的。我把鹽和糖加反了。

【酷い】
殘酷，無情；粗暴，太過分★酷い目にあう／吃到苦頭。

【可笑しい】
奇怪，不正常，反常，失常；不恰當，不適當★コンピューターがおかしい。平仮名は出るんだけど、片仮名が出なくなっちゃった／電腦不太對勁。可以顯示平假名，但是無法顯示片假名。

【厳しい】

嚴重，厲害，很甚★春まだ遠く、厳しい寒さが続きます／春日尚遠，嚴寒還將持續。

【弱い】

不擅長，搞不好，經不起★酒を飲むと顔が赤くなる人は酒に弱いですか／一喝酒臉就紅的人是不禁酒力的人嗎？

【下がる】

（功能、本領）退步，衰退，下降，降低，後退★学校の成績が下がった／學校成績退步了。

【倒れる】

病倒★祖母が倒れたため、今から新潟に行きます／由於奶奶病倒了，我現在就要趕往新潟。

【汚れる】

污染★洗濯するから、その汚れたシャツ脱いでください／我要洗衣服了，把那件髒襯衫脫下來。

▶ 50 音順單字表 ✦ 背完一個單字就打個✓吧 ✦

	あ	
□	ああ	那樣；那麼
□	ああ	啊；呀！唉！哎呀！哎喲；表感嘆或驚嘆
□	ああ	啊；是；嗯；表肯定的回應
□	あいさつ【挨拶】	打招呼，寒暄語
□	あいさつ【挨拶】	回答，回話
□	あいさつ【挨拶】	賀辭或謝辭
□	あいだ【間】	期間，時候，工夫
□	あいだ【間】	間，空隙，縫隙
□	あいだ【間】	之間，中間
□	あいだ【間】	間隔，距離
□	あいだ【間】	關係
□	あう【合う】	一致，相同，符合
□	あう【合う】	合適，適合；相稱，諧合
□	あう【合う】	對，正確
□	あかちゃん【赤ちゃん】	小寶寶，小寶貝，小娃娃，嬰兒
□	あかちゃん【赤ちゃん】	小娃娃；不成熟的人
□	あがる【上がる】	上，登；上學；登陸；舉，抬
□	あがる【上がる】	去，到
□	あがる【上がる】	完，了，完成；停，住，停止；滿，和
□	あがる【上がる】	怯場，失掉鎮靜，緊張
□	あがる【上がる】	被找到（發現）；被抓住

□	あがる【上がる】	提高，長進；高漲；上升；抬起；晉；提（薪）；取得（成績），有（效果）
□	あかんぼう【赤ん坊】	幼稚，不懂事
□	あかんぼう【赤ん坊】	嬰兒，乳兒，小寶寶，小寶貝，小娃娃
□	あく【空く】	出現空隙或者空隙變大
□	あく【空く】	有空，有空閒，有時間
□	あく【空く】	容器中的東西完全被使用掉了，空了；某處變空
□	あく【空く】	職位等出現空缺
□	アクセサリー【accessary】	裝飾品，服飾
□	あげる【上げる】	吐出來，嘔吐
□	あげる【上げる】	變得更好、更出色；長進，進步
□	あげる【上げる】	提高，抬高；增加
□	あげる【上げる】	給，送給
□	あげる【上げる】	舉，抬，揚，懸；起，舉起，抬起，揚起，懸起
□	あさい【浅い】	顏色淡的，顏色淺的
□	あさい【浅い】	（事物的程度、時日等）小的，低的，微少的
□	あさい【浅い】	淺的，自口部至底部或深處的距離短
□	あさい【浅い】	淺薄的，膚淺的
□	あさねぼう【朝寝坊】	早晨睡懶覺，起床晚，愛睡懶覺的人
□	あじ【味】	味，味道
□	あじ【味】	滋味；甜頭，感觸
□	あじ【味】	趣味；妙處
□	アジア【Asia】	亞洲，亞細亞

□	あじみ【味見】	嘗口味，嘗鹹淡
□	あす【明日】	明天
□	あそび【遊び】	間隙，游動，遊隙
□	あそび【遊び】	遊戲，玩耍
□	あっ	啊，呀，哎呀，感動時或吃驚時發出的聲音
□	あつまる【集まる】	（人們的注意、情緒等）聚集
□	あつまる【集まる】	眾多人或物聚集
□	あつめる【集める】	（人）集合，招集，吸引
□	あつめる【集める】	收集；彙集；湊（物品）
□	あてさき【宛先】	收信人的姓名、地址
□	アドレス【address】	住址
□	アフリカ【Africa】	非洲
□	あやまる【謝る】	謝罪，道歉，認錯
□	アルバイト 【(徳) arbeit】	打工
□	あんしょうばんごう 【暗証番号】	暗碼，密碼
□	あんしん【安心】	放心，無憂無慮
□	あんな	那樣的
□	あんない【案内】	引導，嚮導；導遊，陪同遊覽
□	あんない【案内】	通知，通告

い

□	いか【以下】	以下；在某數量或程度以下
□	いか【以下】	從此以下，從此以後
□	いがい【以外】	以外
□	いがく【医学】	醫學
□	いきる【生きる】	生活，維持生活，以…為生；為…生活
□	いきる【生きる】	活，生存，保持生命
□	いきる【生きる】	發揮作用
□	いけん【意見】	意見，見解
□	いし【石】	石頭
□	いじめる【苛める】	欺負；虐待；捉弄；折磨
□	いじょう【以上】	以上，不少於，不止，超過，以外；以上，上述
□	いじょう【以上】	終了、以上（寫在信件、條文或目錄的結尾處表示終了）
□	いそぐ【急ぐ】	快，急，加快，著急；為早點達成目的的行動
□	いそぐ【急ぐ】	趕緊；為了早點到達目的地而加速前進
□	いたす【致す】	引起，招致，致
□	いたす【致す】	做，為，辦
□	いただく【頂く・戴く】	吃；喝；抽（菸）
□	いただく【頂く・戴く】	頂，戴，頂在頭上；頂在上面
□	いただく【頂く・戴く】	領受，拜領，蒙賜給；要
□	いただく【頂く・戴く】	擁戴

□	いちど【一度】	一旦
□	いちど【一度】	一回，一次，一遍
□	いちど【一度】	一下，隨時，稍微
□	いっしょうけんめい【一生懸命】	拼命地，努力，一心，專心
□	いってまいります【行って参ります】	我出去了
□	いってらっしゃい【行ってらっしゃい】	路上小心
□	いっぱい【一杯】	一碗，一杯，一盅
□	いっぱい【一杯】	全占滿，全都用上，用到極限
□	いっぱい【一杯】	滿，充滿於特定場所中
□	いっぱい【一杯】	數量很多
□	いっぱん【一般】	一般，普遍，廣泛，全般；普通(人)，一般(人)
□	いっぽうつうこう【一方通行】	只傳達單方面的意見，不傳達反對意見
□	いっぽうつうこう【一方通行】	單向通行
□	いと【糸】	紗線，用於紡織、手工編織、縫衣、刺繡等的線
□	いと【糸】	魚線，釣絲；線狀，似線的細長物
□	いと【糸】	(樂器的)弦，琴弦，箏，三弦，彈箏、三弦(的人)
□	いない【以内】	以內，不到，不超過
□	いなか【田舎】	故鄉，家鄉，老家
□	いなか【田舎】	鄉下，農村

□	いのる【祈る】	祈求，祝願，希望；祈禱，禱告
□	イヤリング【earring】	耳環，耳飾，掛在耳朵上的飾物
□	いらっしゃる	去；為「行く」的尊敬語
□	いらっしゃる	在；為「いる・ある」的尊敬語
□	いらっしゃる	來；為「来る」的尊敬語
□	いん【員】	人員，人數
□	インストール【install】	裝置；安裝；裝配；備用；建立
□	インターネット・ネット【internet】	網路
□	インフルエンザ【influenza】	流行性感冒

う

□	うえる【植える】	栽種，種植
□	うえる【植える】	接種，培育
□	うかがう【伺う】	打聽，聽到
□	うかがう【伺う】	拜訪，訪問
□	うかがう【伺う】	請教，詢問，打聽
□	うけつけ【受付】	受理，接受
□	うけつけ【受付】	傳達室，接待處；接待員，傳達員
□	うける【受ける】	受歡迎
□	うける【受ける】	應試；應考
□	うける【受ける】	承蒙，受到；接到；得到；奉

□	うける【受ける】	接受，答應，承認
□	うける【受ける】	遭受
□	うける【受ける】	繼承，接續
□	うごく【動く】	有目的的行動
□	うごく【動く】	動，形體位置不靜止而變動
□	うごく【動く】	移動，挪動
□	うごく【動く】	調動，調轉，離開，向新的場所或地方遷移
□	うごく【動く】	變動，變更；動搖，心情，想法發生變化
□	うそ【嘘】	不正確，錯誤
□	うそ【嘘】	不恰當，不應該，不對頭；吃虧
□	うそ【嘘】	謊言，假話
□	うち【内】	（特定範圍之）內，中
□	うち【内】	（空間）內部，裡面，裡邊，裡頭；（時間）內；中；時候；期間；以前；趁
□	うちがわ【内側】	內側，裡面
□	うつ【打つ】	下（以敲打的動作做工作或事情）
□	うつ【打つ】	打或以類似打的動作，一下子打進去
□	うつ【打つ】	使勁用某物撞他物，打，擊，拍，碰
□	うつ【打つ】	送出，打，輸入
□	うつ【打つ】	做，敲打，捶打（金屬或麵團等）
□	うつくしい【美しい】	（視覺及聽覺上的）美，美麗，好看，漂亮
□	うつくしい【美しい】	（精神上的、深刻動人的）美好，優美
□	うつす【写す】	抄，謄，摹
□	うつす【写す】	拍照

□	うつる【映る】	反射
□	うつる【映る】	相稱
□	うつる【映る】	看，覺得
□	うつる【移る】	時光流逝
□	うつる【移る】	移動
□	うつる【移る】	感染；染上
□	うつる【移る】	變心
□	うで【腕】	本事，本領，技能，能耐
□	うで【腕】	前臂；胳膊，臂；上臂
□	うで【腕】	腕力，臂力，力氣
□	うまい	巧妙，高明，好
□	うまい	美味，可口，好吃，好喝，香
□	うら【裏】	內情，隱情
□	うら【裏】	後面，後邊
□	うら【裏】	背後；內幕，幕後
□	うら【裏】	背面
□	うりば【売り場】	出售處，售品處，櫃檯
□	うるさい【煩い】	話多，愛嘮叨
□	うるさい【煩い】	厭惡，麻煩而令人討厭
□	うるさい【煩い】	嘈雜，煩人的
□	うるさい【煩い】	說三道四，挑剔
□	うれしい【嬉しい】	高興，快活，喜悅，歡喜
□	うん	嗯，是；表回應

□	うん	嗯嗯，哦，喔；表示思考
□	うんてん【運転】	周轉，營運，流動，運轉，籌措資金有效地活用
□	うんてん【運転】	開，駕駛，運轉，操作機械使其工作，亦指機械轉動
□	うんてんしゅ【運転手】	司機，駕駛員，從事駕駛電車、汽車工作的人
□	うんてんせき【運転席】	駕駛座，司機座
□	うんどう【運動】	（向大眾宣揚某想法的）運動，活動
□	うんどう【運動】	運動，體育運動

え

□	えいかいわ【英会話】	英語會話，用英語進行交談
□	エスカレーター【escalator】	自動扶梯
□	えだ【枝】	樹枝
□	えらぶ【選ぶ】	選擇，挑選
□	えんかい【宴会】	宴會
□	えんりょ【遠慮】	回避；謙辭；謝絕
□	えんりょ【遠慮】	客氣
□	えんりょ【遠慮】	遠慮，深謀遠慮

お

□	おいしゃさん【お医者さん】	醫生，大夫
□	おいでになる	去
□	おいでになる	在
□	おいでになる	來，光臨，駕臨
□	おいわい【お祝い】	祝賀的禮品
□	おいわい【お祝い】	祝賀，慶祝
□	おうせつま【応接間】	客廳，會客室；接待室
□	おうだんほどう【横断歩道】	斑馬線，人行橫道
□	オートバイ【auto bicycle】	摩托車
□	おおい【多い】	多的，數目或者分量大，數量、次數等相對較大、較多
□	おおきな【大きな】	大，巨大，重大，偉大
□	おおきな【大きな】	大；深刻
□	おおさじ【大匙】	湯匙，大型的匙子
□	おおさじ【大匙】	調羹、烹調用的計量勺之一
□	おかえりなさい【お帰りなさい】	回來啦，歡迎回家
□	おかげ【お陰】	（神佛的）保佑，庇護；幫助，恩惠；托…的福，沾…的光，幸虧…，歸功於…；由於…緣故（他人的幫助及恩惠）
□	おかげ【お陰】	虧得，怪，多虧（因某事物而產生的結果）
□	おかげさまで【お陰様で】	托您的福，很好
□	おかしい【可笑しい】	可笑，滑稽
□	おかしい【可笑しい】	可疑

□	おかしい【可笑しい】	奇怪，不正常，反常，失常；不恰當，不適當
□	おかねもち【お金持ち】	有錢的人，財主，富人
□	おき【置き】	每間隔，每隔
□	おく【億】	指數目非常多
□	おく【億】	億，萬萬
□	おくじょう【屋上】	屋頂上，房頂上，房上面，屋頂平臺
□	おくりもの【贈り物】	禮物，禮品，贈品，獻禮
□	おくる【送る】	度過
□	おくる【送る】	送(人)，送行，送走；伴送
□	おくる【送る】	送；寄，郵寄；匯寄
□	おくる【送る】	傳送；傳遞；依次挪動
□	おくれる【遅れる】	沒趕上；遲到；誤點，耽誤；時間晚了
□	おくれる【遅れる】	鐘錶慢了
□	おこさん【お子さん】	(您的)孩子，令郎，令愛
□	おこす【起こす】	扶起，支撐；立起
□	おこす【起こす】	喚起，喚醒，叫醒
□	おこす【起こす】	湧起情感；自然的湧出、生起；因某事而引起；惹起不愉快的事情；精神振奮起來
□	おこなう【行う・行なう】	行，做，辦；實行，進行；施行；執行計畫、手續等；履行；舉行
□	おこる【怒る】	申斥，怒責
□	おこる【怒る】	憤怒，惱怒，生氣，發火
□	おしいれ【押し入れ・押入れ】	壁櫥，壁櫃
□	おじょうさん【お嬢さん】	小姐，姑娘；女青年

□	おじょうさん【お嬢さん】	令愛，(您的)女兒；千金
□	おだいじに【お大事に】	請多保重
□	おたく【お宅】	沉迷於某特定事物的人
□	おたく【お宅】	貴府，府上，家；您，您那裡，貴處
□	おちる【落ちる】	降低
□	おちる【落ちる】	掉落；脫落；剝落；卸，脫
□	おちる【落ちる】	落入
□	おちる【落ちる】	落下，降落，掉下來，墜落；沒考中；落選，落後
□	おっしゃる	說，講，叫
□	おっと【夫】	丈夫，夫；愛人
□	おつまみ【お摘み】	小吃，簡單的酒菜
□	おつり【お釣り】	找的零錢，找零頭
□	おと【音】	音，聲，聲音；音響，聲響
□	おとす【落とす】	失落，丟掉，遺失
□	おとす【落とす】	攻陷
□	おとす【落とす】	使降落，弄下，往下投，摔下
□	おとす【落とす】	降低，貶低
□	おとす【落とす】	殺害
□	おどり【踊り】	舞，舞蹈，跳舞
□	おどる【踊る】	跳舞，舞蹈
□	おどろく【驚く】	嚇；驚恐，驚懼，害怕，吃驚嚇了一跳；驚訝；驚奇；驚歎，意想不到，感到意外
□	おなら	屁；放屁

□	オフ【off】	沒有日程、工作安排
□	オフ【off】	機械、電燈等關閉
□	おまたせしました【お待たせしました】	讓您久等了
□	おまつり【お祭り】	慶典，祭祀，廟會
□	おみまい【お見舞い】	慰問
□	おみやげ【お土産】	土產；當地特產
□	おめでとうございます【お目出度うございます】	恭喜，賀喜，道喜
□	おもいだす【思い出す】	記起，回憶起
□	おもう【思う】	相信，確信
□	おもう【思う】	感覺，覺得
□	おもう【思う】	想，思索，思量，思考
□	おもう【思う】	愛慕
□	おもう【思う】	預想，預料，推想，推測，估計，想像，猜想
□	おもちゃ【玩具】	玩具，玩意兒
□	おもちゃ【玩具】	玩物，玩弄品
□	おもて【表】	外表，外觀
□	おもて【表】	表面，正面
□	おもて【表】	屋外，戶外，外邊，外頭
□	おや【親】	撲克牌的莊家
□	おや【親】	雙親；父母，父親，母親
□	おりる【下りる】	下，降，下來，降落；從交通工具中出來
□	おりる【下りる】	卸下，煩惱等沒了

□	おりる【下りる】	退出，停止參與事務
□	おりる【下りる】	退位，卸任，從職位上退下
□	おりる【降りる】	指露、霜等生成於地上或空中
□	おりる【降りる】	下交通工具；從上方下來，降，降落
□	おる【折る】	折斷
□	おる【折る】	折疊
□	おる【居る】	有，在
□	おれい【御礼】	謝意，謝詞，表示感謝之意，亦指感謝的話
□	おれい【御礼】	謝禮，酬謝，為表示感謝而贈送的物品
□	おれる【折れる】	折斷
□	おれる【折れる】	折疊
□	おれる【折れる】	拐彎
□	おわり【終わり】	末期；一生的最後
□	おわり【終わり】	終，終了，末尾，末了，結束，結局，終點，盡頭

か

□	か【家】	…家；藝術、學術的派別
□	か【家】	從事…的（人）；愛…的人，很有…的人，有某種強烈特質的人
□	かい【会】	（為某目的而集結眾人的）會；會議；集會
□	かい【会】	為興趣、研究而組成的集會
□	かいがん【海岸】	海岸，海濱，海邊

□	かいぎ【会議】	會議，會
□	かいぎしつ【会議室】	會議室
□	かいじょう【会場】	會場
□	がいしょく【外食】	在外吃飯
□	かいわ【会話】	會話，談話，對話
□	かえり【帰り】	回來，回去，歸來
□	かえり【帰り】	歸途；回來時
□	かえる【変える】	改變，變更；變動（事物的狀態、內容）
□	かえる【変える】	變更（地點、物品的位置）
□	かがく【科学】	科學
□	かがみ【鏡】	鏡子
□	がくぶ【学部】	院；系
□	かける【欠ける】	（月亮的）缺，虧
□	かける【欠ける】	缺口，裂縫
□	かける【欠ける】	缺少，欠，不足，不夠，缺額
□	かける【掛ける】	打電話
□	かける【掛ける】	坐（在…上）；放（在…上）
□	かける【掛ける】	花費，花
□	かける【掛ける】	乘
□	かける【掛ける】	掛上，懸掛；拉，掛（幕等）
□	かける【掛ける】	開動（機器等）
□	かける【掛ける】	撩（水）；澆；潑；倒，灌
□	かける【掛ける】	戴上；蒙上；蓋上

□	かける【駆ける・駈ける】	跑，快跑，奔跑
□	かざる【飾る】	粉飾，只裝飾表面、門面
□	かざる【飾る】	排列（得整齊漂亮）
□	かざる【飾る】	裝飾，裝點
□	かじ【火事】	火災，失火，走火
□	かしこまりました【畏まりました】	（敬語）知道了
□	ガスコンロ【（荷）gas+焜炉】	煤氣灶
□	ガソリン【gasoline】	汽油
□	ガソリンスタンド【（和製英語）gasoline+stand】	加油站，街頭汽油銷售站（給車子加油之處）
□	かた【方】	手段，方法
□	かた【方】	位，代指人
□	かたい【固い】	死，硬，執拗，固執，頑固
□	かたい【固い】	堅定，堅決，性格剛毅而不動搖
□	かたい【堅い】	可靠，安穩，有把握的，一定會的，確實
□	かたい【堅い】	牢固，堅實
□	かたい【硬い】	硬，凝固，內部不鬆軟，不易改變形態
□	かたち【形】	外形，形狀，樣子
□	かたち【形】	形式上的，表面上的
□	かたち【形】	姿態，容貌，服飾
□	かたづける【片付ける】	（把散亂的物品）整理，收拾，拾掇
□	かたづける【片付ける】	除掉，消滅；殺死
□	かたづける【片付ける】	解決，處理

□	かちょう【課長】	課長
□	かつ【勝つ】	勝，贏
□	かつ【勝つ】	超過，超越
□	がつ【月】	月
□	かっこう【格好・恰好】	裝束，打扮
□	かっこう【格好・恰好】	樣子，外形，形狀，姿態，姿勢
□	かない【家内】	內人，妻子
□	かない【家内】	家內，家庭，全家
□	かなしい【悲しい】	悲哀的，悲傷的，悲愁的，可悲的，遺憾的
□	かならず【必ず】	一定，必定，必然，註定，準
□	かのじょ【彼女】	女朋友，愛人，戀人
□	かのじょ【彼女】	她
□	かふんしょう【花粉症】	花粉症，由於花粉所引起的呼吸道過敏症，包括結膜炎、鼻炎、支氣管炎等
□	かべ【壁】	障礙，障礙物
□	かべ【壁】	牆，壁
□	かまう【構う】	照顧，照料；招待
□	かまう【構う】	管；顧；介意；理睬；干預
□	かみ【髪】	髮，頭髮；髮型
□	かむ【噛む】	咬
□	かむ【噛む】	嚼，咀嚼
□	かよう【通う】	上學，通學；上班，通勤
□	かよう【通う】	往來，來往；通行
□	かよう【通う】	通，流通；迴圈

□	かよう【通う】	通曉；相印，心意相通
□	ガラス【(荷) glas】	玻璃
□	かれ【彼】	他
□	かれ【彼】	情人，男朋友，對象
□	かれし【彼氏】	他，那一位
□	かれし【彼氏】	男朋友，情人，男性戀愛對象；丈夫
□	かれら【彼等】	他們，那些人
□	かわく【乾く】	冷淡，無感情
□	かわく【乾く】	乾燥；因熱度等使水分減少而乾燥
□	かわり【代わり】	代理，代替
□	かわり【代わり】	再來一碗
□	かわり【代わり】	補償；報答
□	かわりに【代わりに】	代理，代替
□	かわる【変わる】	不同，與眾不同；奇怪，出奇
□	かわる【変わる】	改變地點，遷居，遷移
□	かわる【変わる】	變，變化；改變，轉變
□	かんがえる【考える】	考慮，斟酌
□	かんがえる【考える】	想，思，思維，思索，探究
□	かんけい【関係】	親屬關係，親戚裙帶關係
□	かんけい【関係】	關係；關聯，聯繫；牽連；涉及
□	かんげいかい【歓迎会】	歡迎宴會，歡迎會
□	かんごし【看護師】	護士，護理人員
□	かんそうき【乾燥機】	烘乾機

□	かんたん【簡単】	簡單；簡易，容易；輕易；簡便
□	がんばる【頑張る】	不動，不走，不離開
□	がんばる【頑張る】	堅持己見，硬主張；頑固，固執己見
□	がんばる【頑張る】	堅持，拼命努力；加油，鼓勁；不甘落後；不甘示弱

き

□	き【気】	香氣，香味；風味
□	き【気】	氣氛
□	き【気】	氣，空氣，大氣
□	き【気】	氣度，氣宇，氣量，器量，胸襟
□	き【気】	氣息，呼吸
□	キーボード【keyboard】	鍵盤，電子鍵盤
□	きかい【機械】	機器，機械
□	きかい【機会】	機會
□	きけん【危険】	危險
□	きこえる【聞こえる】	聞名，出名，著名
□	きこえる【聞こえる】	聽起來覺得…，聽來似乎是…
□	きこえる【聞こえる】	聽得見，能聽見，聽到，聽得到，能聽到
□	きしゃ【汽車】	火車，列車
□	ぎじゅつ【技術】	技術；工藝
□	きせつ【季節】	季節

□	きそく【規則】	規則，規章，章程
□	きつえんせき【喫煙席】	吸煙區
□	きっと	一定
□	きっと	嚴峻
□	きぬ【絹】	絲綢，綢子，絲織品
□	きびしい【厳しい】	困難
□	きびしい【厳しい】	嚴重，厲害，很甚
□	きびしい【厳しい】	嚴酷，殘酷，毫不留情
□	きびしい【厳しい】	嚴；嚴格；嚴厲；嚴峻；嚴肅
□	きぶん【気分】	心情；情緒；心緒；心境
□	きぶん【気分】	（身體狀況）舒服，舒適
□	きぶん【気分】	氣氛，空氣
□	きまる【決まる】	一定是
□	きまる【決まる】	決定，規定
□	きまる【決まる】	決定勝負
□	きまる【決まる】	得體，符合
□	きみ【君】	你
□	きめる【決める】	定，決定，規定；指定；選定；約定；商定
□	きめる【決める】	獨自斷定；認定；自己作主
□	きもち【気持ち】	小意思，心意，對於自己的用心表示謙遜時使用的自謙語
□	きもち【気持ち】	感，感受；心情，心緒，情緒；心地，心境
□	きもち【気持ち】	精神狀態；胸懷，襟懷；心神
□	きもの【着物】	和服；衣服

□	きゃく【客】	客人，賓客，貴賓
□	きゃく【客】	顧客，主顧，使用者，客戶
□	キャッシュカード【cashcard】	現金卡
□	キャンセル【cancel】	取消(合約等)；作廢
□	きゅう【急】	急，急迫；趕緊
□	きゅう【急】	陡，傾斜程度大，險峻
□	きゅう【急】	突然，忽然，一下子，事物發生無前兆，變化突然
□	きゅう【急】	緊急，危急
□	きゅうこう【急行】	快車
□	きゅうこう【急行】	急往，急趨
□	きゅうに【急に】	忽然，突然，驟然，急忙
□	きゅうブレーキ【急 brake】	緊急煞車
□	きょういく【教育】	學校教育；(廣義的)教養；文化程度，學力
□	きょうかい【教会】	教會，教堂
□	きょうそう【競争】	競爭，爭奪，競賽，比賽
□	きょうみ【興味】	興趣，興味，興致；興頭
□	きんえんせき【禁煙席】	禁菸區
□	きんじょ【近所】	近處，附近，左近；近鄰，鄰居，街坊，四鄰

く

□	ぐあい【具合】	方便，合適
□	ぐあい【具合】	健康情況；狀態
□	ぐあい【具合】	情況，狀態，情形
□	くうき【空気】	空氣
□	くうき【空気】	氣氛
□	くうこう【空港】	飛機場
□	くさ【草】	草
□	くださる【下さる】	送，給(我)；為「与える」和「くれる」的尊敬語
□	くび【首】	撤職，解雇，開除
□	くび【首】	頭，腦袋，頭部
□	くも【雲】	天空中的雲，雲彩
□	くらべる【比べる】	比較；對比，對照
□	くらべる【比べる】	比賽，競賽，較量，比試
□	クリック【click】	(電腦滑鼠)點擊，按按鈕
□	クレジットカード【creditcard】	信用卡
□	くれる【暮れる】	不知如何是好
□	くれる【暮れる】	日暮，天黑，入夜
□	くれる【暮れる】	即將過去，到了末了
□	くれる【呉れる】	給(我)，幫我
□	くん【君】	接在同輩、晚輩的名字後方表示親近，主要用於稱呼男性

け

□	け【毛】	毛線，毛織品
□	け【毛】	動物的毛；羽毛
□	け【毛】	頭髮；胎髮，胎毛，寒毛
□	けいかく【計画】	計畫，謀劃，規劃
□	けいかん【警官】	員警；警官的通稱
□	ケーキ【cake】	蛋糕，洋點心，西洋糕點
□	けいけん【経験】	經驗，經歷
□	けいざい【経済】	經濟（商品的生產、流通、交換、分配及其消費等，這種從商品、貨幣流通方面看的社會基本活動）
□	けいざい【経済】	經濟實惠，少花費用或工夫，節省
□	けいざいがく【経済学】	經濟學（研究人類社會的經濟現象，特別是研究物質財富、服務的生產、交換、消費的規律的學問）
□	けいさつ【警察】	員警
□	けいさつ【警察】	警察局的略稱
□	けいたいでんわ【携帯電話】	手機，可攜式電話
□	けが【怪我】	傷，受傷，負傷
□	けしき【景色】	景色；風景；風光
□	けしゴム【消し＋（荷）gom】	橡皮擦，橡皮，能擦掉鉛筆等書寫痕跡的文具
□	げしゅく【下宿】	寄宿在別人家中的房間裡，租房間住，住公寓
□	けっして【決して】	絕對（不），斷然（不）
□	けれど・けれども	也，又，更
□	けれど・けれども	拒絕，不

□	**けれど・けれども**	雖然…可是，但是，然而
□	**けん【県】**	縣
□	**けん・げん【軒】**	所，棟
□	**げんいん【原因】**	原因
□	**けんきゅう【研究】**	研究；鑽研
□	**けんきゅうしつ【研究室】**	研究室
□	**げんごがく【言語学】**	語言學
□	**けんぶつ【見物】**	遊覽，觀光，參觀；旁觀；觀眾；旁觀者，看熱鬧的
□	**けんめい【件名】**	主旨，名稱，分類品項的名稱

こ

□	**こ【子】**	子女
□	**こ【子】**	小孩
□	**ご【御】**	表示尊敬；表示禮貌之意
□	**コインランドリー【coin-operatedlaundry 之略】**	自助洗衣店
□	**こう**	如此，這樣，這麼
□	**こうがい【郊外】**	郊外，城外
□	**こうき【後期】**	後期，後半期
□	**こうぎ【講義】**	講義；大學課程
□	**こうぎょう【工業】**	工業

□	こうきょうりょうきん【公共料金】	公共費，包括電費、煤氣費、水費、電話費等
□	こうこう・こうとうがっこう【高校・高等学校】	高級中學，高中
□	こうこうせい【高校生】	高中生
□	ごうコン【合コン】	聯誼，男學生和女學生等兩個以上的小組聯合舉行的聯誼會
□	こうじちゅう【工事中】	在建造中
□	こうじょう【工場】	工廠
□	こうちょう【校長】	校長
□	こうつう【交通】	交通
□	こうどう【講堂】	禮堂，大廳
□	コーヒーカップ【coffeecup】	咖啡杯
□	こうむいん【公務員】	公務員；公僕
□	こくさい【国際】	國際
□	こくない【国内】	國內
□	こころ【心】	心地，心田，心腸；居心；心術；心，心理
□	こころ【心】	心思，想法；念頭
□	こころ【心】	心情，心緒，情緒
□	こころ【心】	意志；心願；意圖；打算
□	ございます	有；是；在
□	こさじ【小匙】	小匙；小勺
□	こしょう【故障】	故障，事故；障礙；毛病
□	こしょう【故障】	異議，反對意見

□	こそだて【子育て】	育兒，撫育、撫養孩子
□	ごぞんじ【ご存知】	您知道，相識；熟人；朋友
□	こたえ【答え】	回答，答覆，答應
□	こたえ【答え】	解答，答案
□	ごちそう【御馳走】	款待，請客
□	ごちそう【御馳走】	飯菜，美味佳餚
□	こっち【此方】	我，我們，我方
□	こっち【此方】	這邊，這兒，這裡
□	こと【事】	事，事情，事實；事務，工作
□	ことり【小鳥】	小鳥
□	このあいだ【この間】	最近；前幾天，前些時候
□	このごろ【この頃】	近來，這些天來，近期；現在
□	こまかい【細かい】	小，細，零碎
□	こまかい【細かい】	吝嗇，花錢精打細算
□	こまかい【細かい】	微細，入微，精密，縝密；小至十分細微的地方
□	こまかい【細かい】	詳細，仔細（敘述、描繪事物的細節）
□	ごみ	垃圾，廢物，塵埃
□	こめ【米】	稻米，大米
□	ごらんになる【ご覧になる】	看；為「見る」的尊敬語
□	これから	從現在起，今後，以後；現在；將來；從這裡起；從此
□	こわい【怖い】	令人害怕的；可怕的
□	こわす【壊す】	弄壞，毀壞，弄碎（有形的物品）

□	こわす【壊す】	破壞（原本談妥、和諧、有條理的事或狀態）
□	こわす【壊す】	損害，傷害（人、物品的功能）
□	こわれる【壊れる】	落空，毀掉，破裂，計畫或約定告吹
□	こわれる【壊れる】	壞，失去正常功能或發生故障
□	こわれる【壊れる】	碎，毀，坍塌，物體失去固有的形狀或七零八落
□	コンサート【concert】	音樂會，演奏會
□	こんど【今度】	下次，下回
□	こんど【今度】	這回，這次，此次，最近
□	コンピューター【computer】	電腦，電子電腦
□	こんや【今夜】	今夜，今晚，今天晚上

さ

□	さいきん【最近】	最近，近來
□	さいご【最後】	最後，最終，最末
□	さいしょ【最初】	最初；起初，起先，開始；頭，開頭；第一，第一次
□	さいふ【財布】	錢包，錢袋；腰包
□	さか【坂】	坡，坡道；斜坡，坡形
□	さか【坂】	大關；陡坡
□	さがす【探す・捜す】	查找，尋找，找
□	さがる【下がる】	（功能、本領）退步，衰退，下降，降低，後退

□	さがる【下がる】	向後倒退，後退，往後退
□	さがる【下がる】	放學，下班，自學校、機關、工作單位等處回家
□	さがる【下がる】	垂，下垂，垂懸
□	さがる【下がる】	降溫
□	さがる【下がる】	（高度）下降，降落，降低
□	さがる【下がる】	（價格、行情）下降，降低，降價
□	さかん【盛ん】	熱心積極
□	さかん【盛ん】	繁榮，昌盛；（氣勢）盛，旺盛
□	さげる【下げる】	吊；懸；掛；佩帶，提
□	さげる【下げる】	使後退，向後移動
□	さげる【下げる】	降低，降下；放低
□	さげる【下げる】	撤下；從人前撤去、收拾物品
□	さしあげる【差し上げる】	呈送，敬獻
□	さしだしにん【差出人】	發信人，寄信人，寄件人
□	さっき	剛才，方才，先前
□	さびしい【寂しい】	寂寞，孤寂，孤單，淒涼，孤苦；無聊
□	さびしい【寂しい】	覺得不滿足，空虛
□	さま【様】	置於人名或身份後方表示尊敬；…先生；…女士；…小姐
□	さらいげつ【再来月】	下下月
□	さらいしゅう【再来週】	下下星期，下下週
□	サラダ【salad】	沙拉，涼拌菜
□	さわぐ【騒ぐ】	吵，吵鬧；吵嚷

□	さわぐ【騒ぐ】	慌張，著忙；激動，興奮不安
□	さわる【触る】	觸；碰；摸；觸怒，觸犯
□	さんぎょう【産業】	產業，生產事業，實業，工商等企業，工業
□	サンダル【sandal】	涼鞋；拖鞋
□	サンドイッチ【sandwich】	三明治，夾心麵包
□	ざんねん【残念】	懊悔
□	ざんねん【残念】	遺憾，可惜，對不起，抱歉

し

□	し【市】	市；城市，都市
□	じ【字】	字，文字
□	しあい【試合】	比賽
□	しおくり【仕送り】	匯寄生活補貼
□	しかた【仕方】	辦法；做法，做的方法
□	しかる【叱る】	責備，批評
□	しき【式】	式；典禮，儀式；婚禮
□	しき【式】	樣式，類型，風格
□	じきゅう【時給】	計時工資
□	しけん【試験】	考試，測驗（人的能力）
□	しけん【試験】	試驗，檢驗，化驗（物品的性能）
□	じこ【事故】	事故；事由

□	じしん【地震】	地震，地動
□	じだい【時代】	古色古香，古老風味；顯得古老
□	じだい【時代】	時代；當代，現代；朝代
□	したぎ【下着】	貼身衣服，內衣，襯衣
□	したく【支度】	外出的打扮、整理
□	したく【支度】	準備；預備
□	しっかり【確り】	堅強，剛強，高明，堅定，可靠，人的性格、見識等踏實而無風險
□	しっかり【確り】	結實，牢固，牢靠，確，明確，基礎或結構堅固，不易動搖或倒塌的狀態
□	しっかり【確り】	確實地，牢牢地
□	しっぱい【失敗】	失敗
□	しつれい【失礼】	失禮，不禮貌，失敬
□	しつれい【失礼】	對不起，請原諒；不能奉陪，不能參加
□	していせき【指定席】	指定座位，指定位置
□	じてん【辞典】	詞典，辭典；辭書
□	しなもの【品物】	物品，東西；實物；商品，貨，貨物
□	しばらく【暫く】	半天，許久，好久
□	しばらく【暫く】	暫時，暫且，一會兒，片刻；不久
□	しま【島】	島嶼
□	しみん【市民】	市民，城市居民；公民
□	じむしょ【事務所】	事務所，辦事處
□	しゃかい【社会】	社會，世間
□	しゃかい【社会】	（某）界，領域

□	しゃちょう【社長】	社長，公司經理，總經理，董事長
□	しゃないアナウンス【車内 announce】	車內廣播
□	じゃま【邪魔】	妨礙，阻礙，障礙，干擾，攪擾，打攪，累贅
□	じゃま【邪魔】	訪問，拜訪，添麻煩
□	ジャム【jam】	果醬
□	じゆう【自由】	自由；隨意；隨便；任意
□	しゅうかん【習慣】	個人習慣
□	しゅうかん【習慣】	國家地區風俗習慣
□	じゅうしょ【住所】	住址，地址；住所
□	じゆうせき【自由席】	無對號座位
□	しゅうでん【終電】	末班電車
□	じゅうどう【柔道】	柔道，柔術
□	じゅうぶん【十分】	十分，充分，足夠，充裕
□	しゅじん【主人】	丈夫；愛人
□	しゅじん【主人】	主人，老闆，店主；東家
□	しゅじん【主人】	家長，一家之主；當家的人
□	しゅじん【主人】	接待他人的主人
□	じゅしん【受信】	收信；收聽
□	しゅっせき【出席】	出席；參加
□	しゅっぱつ【出発】	出發，動身，啟程，朝目的地前進
□	しゅみ【趣味】	愛好，喜好；興趣
□	しゅみ【趣味】	趣味；風趣；情趣

□	じゅんび【準備】	準備，預備；籌備
□	しょうかい【紹介】	介紹
□	しょうがつ【正月】	正月，新年
□	しょうがつ【正月】	過年似的熱鬧愉快
□	しょうがっこう【小学校】	小學校
□	しょうせつ【小説】	小說
□	しょうたい【招待】	邀請
□	しょうち【承知】	同意，贊成，答應；許可，允許
□	しょうち【承知】	知道，瞭解
□	しょうち【承知】	原諒，饒恕
□	しょうらい【将来】	將來，未來，前途
□	しょくじ【食事】	飯，餐，食物；吃飯，進餐
□	しょくりょうひん【食料品】	食品
□	しょしんしゃ【初心者】	初學者
□	じょせい【女性】	女性，婦女
□	しらせる【知らせる】	通知
□	しらべる【調べる】	審問，審訊
□	しらべる【調べる】	調查；查閱；檢查；查找；查驗
□	しらべる【調べる】	調音；奏樂，演奏
□	しんきさくせい【新規作成】	新建，新做，做一個新的
□	じんこう【人口】	人口
□	しんごうむし【信号無視】	闖紅綠燈
□	じんじゃ【神社】	神社，廟

□	**しんせつ【親切】**	親切，懇切，好心
□	**しんぱい【心配】**	操心，費心；關照；張羅，介紹
□	**しんぱい【心配】**	擔心，掛心，掛念，牽掛，惦記，掛慮，惦念；害怕；不安；憂慮
□	**しんぶんしゃ【新聞社】**	報社，報館

す

□	**すいえい【水泳】**	游泳
□	**すいどう【水道】**	自來水(管)；航道，航路
□	**ずいぶん【随分】**	殘酷，無情，不像話
□	**ずいぶん【随分】**	超越一般程度的樣子，比想像的更加
□	**すうがく【数学】**	數學
□	**スーツ【suit】**	套裝，成套服裝，成套西服
□	**スーツケース【suitcase】**	旅行用(手提式)衣箱
□	**スーパー【supermarket 之略】**	超市
□	**すぎる【過ぎる】**	超過；過度；過分；太過
□	**すぎる【過ぎる】**	過，過去，逝去；消逝
□	**すく【空く】**	有空閒
□	**すく【空く】**	肚子空，肚子餓
□	**すく【空く】**	某空間中的人或物的數量減少
□	**すくない【少ない】**	少，不多
□	**すぐに【直ぐに】**	立刻，馬上

□	スクリーン【screen】	銀幕；電影界；螢幕
□	すごい【凄い】	了不起的，好得很的
□	すごい【凄い】	可怕的，駭人的；陰森可怕的
□	すごい【凄い】	（程度上）非常的，厲害的
□	すすむ【進む】	進步，先進
□	すすむ【進む】	進，前進
□	すすむ【進む】	事情順利開展
□	スタートボタン【start button】	開始按鈕；起始按鈕
□	すっかり	全，都，全都；完全，全部；已經
□	ずっと	（比…）…得多，…得很，還要…
□	ずっと	（從…）一直，始終，從頭至尾
□	ずっと	遠遠，很，時間、空間上的遙遠貌
□	ステーキ【steak】	烤肉（排）料理，多指牛排
□	すてる【捨てる】	拋棄，斷念，遺棄，斷絕關係
□	すてる【捨てる】	（將無用的東西、無價值的事物）扔掉，拋棄
□	すてる【捨てる】	置之不理，不顧，不理
□	ステレオ【stereo】	立體聲音響器材，身歷聲設備
□	ストーカー【stalker】	騷擾；跟蹤狂
□	すな【砂】	沙子
□	すばらしい【素晴しい】	（令人不自覺地感嘆）出色的，優秀的，令人驚嘆的，極優秀，盛大，宏偉，極美
□	すばらしい【素晴しい】	（形容程度）及其，非常，絕佳，極好的，了不起的
□	すべる【滑る】	不及格，沒考上

□	すべる【滑る】	（在物體表面）滑行，滑動
□	すべる【滑る】	站不住腳，打滑
□	すみ【隅】	角落
□	すむ【済む】	完了，終了，結束
□	すむ【済む】	（問題、事情）解決，了結
□	すむ【済む】	過得去，沒問題；夠
□	すり【掏り】	扒手
□	すると	那，那麼，那麼說來，這麼說來
□	すると	於是，於是乎

せ

□	せい【製】	製造，製品，產品
□	せいかつ【生活】	生活，謀生，維持度日的活動
□	せいきゅうしょ【請求書】	訂單，帳單，申請書
□	せいさん【生産】	生產，製作出生活必需品
□	せいじ【政治】	政治
□	せいよう【西洋】	西洋，西方，歐美
□	せかい【世界】	世界，全球，環球，天下，地球上的所有的國家、所有的地域
□	せき【席】	席位；座位
□	せき【席】	聚會場所
□	せつめい【説明】	說明；解釋

□	せなか【背中】	背後，背面
□	せなか【背中】	背，脊背；脊樑
□	ぜひ【是非】	是非；正確與錯誤，對與不對
□	せわ【世話】	推薦，周旋，調解，介紹
□	せわ【世話】	照料，照顧，照應，照看，照管；幫助，幫忙，援助
□	せん【線】	界限
□	せん【線】	路線，原則，方針
□	せん【線】	線，線條
□	ぜんき【前期】	前期，上屆；初期，上半期
□	ぜんぜん【全然】	全然，完全，根本，簡直，絲毫，一點（也沒有）
□	ぜんぜん【全然】	（俗語）非常，很
□	せんそう【戦争】	戰爭，戰事；會戰；打仗
□	せんぱい【先輩】	先輩，先進，（老）前輩；高年級同學，師兄（姐），老學長；職場前輩，比自己早入公司的人
□	せんもん【専門】	專門；專業；專長

そ

□	そう	那樣
□	そうしん【送信】	（通過無線）發報；（通過有線或無線）播送；（通過電波）發射
□	そうだん【相談】	商量；協商，協議，磋商；商談；商定，一致的意見
□	そうだん【相談】	提出意見，建議；提議

□	そうだん【相談】	徵求意見，請教；諮詢
□	そうにゅう【挿入】	插入，裝入；填入
□	そうべつかい【送別会】	餞別宴會，歡送會辭別宴會
□	そだてる【育てる】	培育，撫育；撫養孩子
□	そだてる【育てる】	教育，培養
□	そつぎょう【卒業】	畢業
□	そつぎょう【卒業】	體驗過，過時，過了階段
□	そつぎょうしき【卒業式】	畢業典禮
□	そとがわ【外側】	外側，外面，外邊
□	そふ【祖父】	爺爺，祖父，老爺，外祖父
□	ソフト【soft】	軟體
□	そぼ【祖母】	祖母，外祖母
□	それで	因此，因而，所以
□	それに	而且，再加上
□	それはいけませんね	這樣下去可不行呢
□	それほど【それ程】	那麼，那樣的程度
□	そろそろ	就要，快要，不久
□	そろそろ	漸漸，逐漸；慢慢地，徐徐地
□	ぞんじあげる【存じ上げる】	知道，想，認為
□	そんな	那樣的
□	そんな	哪裡，不會
□	そんなに	那麼；形容程度之大
□	そんなに	（不用；無需）那麼，那麼樣；程度不如想像

た

□	だい【代】	輩，時代，年代；統治時代
□	たいいん【退院】	出院
□	ダイエット【diet】	減肥
□	だいがくせい【大学生】	大學生
□	だいきらい【大嫌い】	極不喜歡，最討厭，非常厭惡
□	だいじ【大事】	重要，要緊，寶貴，保重，愛護
□	だいたい【大体】	大致，大體，差不多
□	タイプ【type】	打字
□	タイプ【type】	型，型式，類型
□	だいぶ【大分】	很，相當地
□	たいふう【台風】	颱風
□	たおれる【倒れる】	死亡
□	たおれる【倒れる】	倒閉，破產；垮臺
□	たおれる【倒れる】	倒，塌，倒毀
□	たおれる【倒れる】	病倒
□	だから	因此，所以
□	たしか【確か】	正確，準確
□	たしか【確か】	確實，確切
□	たす【足す】	加（數學）
□	たす【足す】	添；續；補上
□	たす【足す】	辦事，辦完

□	だす【出す】	出；送；拿出，取出；掏出；提出
□	だす【出す】	出資；供給；花費
□	だす【出す】	加速；鼓起，打起
□	だす【出す】	展出，展覽；陳列
□	だす【出す】	寄，郵送；發送
□	だす【出す】	提出；出，提交
□	だす【出す】	發表；登，刊載，刊登；出版
□	だす【出す】	開店
□	だす【出す】	露出
□	たずねる【訪ねる】	訪問，拜訪
□	たずねる【尋ねる】	問；詢問；打聽
□	たずねる【尋ねる】	探求，尋求
□	ただいま【唯今・只今】	我回來了
□	ただいま【唯今・只今】	剛才，剛剛，不久之前的時刻
□	ただいま【唯今・只今】	馬上，立刻，這就，比現在稍過一會兒後
□	ただしい【正しい】	正確，對，確切，合理
□	たたみ【畳】	榻榻米
□	たてる【立てる】	立下；制定，起草
□	たてる【立てる】	立起，豎
□	たてる【立てる】	冒，揚起
□	たてる【建てる】	創立，建立，樹立，創辦
□	たてる【建てる】	蓋，建造
□	たとえば【例えば】	譬如，比如，例如

□	たな【棚】	棚，架；擱板，架子
□	たのしみ【楽しみ】	希望，期望
□	たのしみ【楽しみ】	樂，愉快，樂趣
□	たのしむ【楽しむ】	期待，以愉快的心情盼望
□	たのしむ【楽しむ】	樂，快樂；享受，欣賞
□	たべほうだい【食べ放題】	吃到飽，隨便吃，想吃多少就吃多少
□	たまに【偶に】	有時，偶爾
□	ため	由於，結果
□	ため	為，為了
□	だめ【駄目】	不好，壞
□	だめ【駄目】	不行，不可以
□	だめ【駄目】	白費，無用；無望
□	たりる【足りる】	值得
□	たりる【足りる】	(對於正在做的事情來說是)夠用的、可以的
□	たりる【足りる】	數量足夠
□	だんせい【男性】	男性，男子
□	だんぼう【暖房】	供暖；暖氣設備

ち

□	ち【血】	血，血液
□	ち【血】	血緣，血脈
□	ちいさな【小さな】	小，微小

□	チェック【check】	支票
□	チェック【check】	方格花紋，格子，花格
□	チェック【check】	檢驗，核對記號等
□	ちかみち【近道】	近路，近道，抄道
□	ちかみち【近道】	捷徑；快速的方法或手段
□	ちから【力】	力，力量，力氣；勁，勁頭
□	ちから【力】	能力
□	ちから【力】	權力；勢力；威力；暴力；實力
□	ちかん【痴漢】	色情狂，色狼，對他人進行騷擾的人
□	ちっとも	一點（也不），一會兒也（不），毫（無）；總（不）
□	ちゃん	為「さん」的轉音；接在名字後表示親近
□	ちゅうい【注意】	注意，留神；當心，小心；仔細；謹慎，給建議、忠告
□	ちゅうがっこう【中学校】	初級中學，初中，國中
□	ちゅうし【中止】	中止，停止進行
□	ちゅうしゃ【注射】	注射，打針
□	ちゅうしゃいはん【駐車違反】	違規停車，違法停車
□	ちゅうしゃじょう【駐車場】	停車場，停放汽車的場所和設施
□	ちょう【町】	町；行政劃分的單位
□	ちり【地理】	地理學科，地理知識
□	ちり【地理】	地理情況

つ

□	つうこうどめ【通行止め】	禁止通行
□	つうちょうきにゅう【通帳記入】	補登存摺
□	つかまえる【捕まえる】	捉住動物，逮住；捕捉動物或犯人
□	つき【月】	一個月
□	つき【月】	月亮
□	つく【点く】	點著；燃起
□	つける【付ける】	安上，安裝上；連接上；掛上；插上；縫上
□	つける【付ける】	穿上；帶上；繫上；別上；佩帶
□	つける【付ける】	寫上，記上，標注上
□	つける【漬ける】	醃（菜等）
□	つける【点ける】	打開
□	つける【点ける】	點（火），點燃
□	つごう【都合】	（狀況）方便合適（與否）
□	つたえる【伝える】	傳達，轉告，轉達；告訴，告知
□	つづく【続く】	（同樣的狀態）繼續；連續；連綿
□	つづく【続く】	事情不間斷的接連發生
□	つづける【続ける】	繼續，連續，接連不斷
□	つつむ【包む】	包；裹；包上；穿上
□	つつむ【包む】	籠罩，覆蓋；隱沒；沉浸
□	つま【妻】	妻
□	つめ【爪】	指甲；腳趾甲；爪

□	つもり	打算
□	つる【釣る】	勾引，引誘，誘騙
□	つる【釣る】	釣魚
□	つれる【連れる】	帶，領

て

□	ていねい【丁寧】	小心謹慎，周到，細心，精心
□	ていねい【丁寧】	很有禮貌，恭恭敬敬
□	テキスト【text】	教科書，教材，課本，講義
□	てきとう【適当】	(份量或程度等)正好，恰當，適度
□	てきとう【適当】	酌情，隨意，隨便，馬虎，敷衍
□	てきとう【適当】	(對於某條件、目的來說)適當，適合，恰當，適宜
□	できる【出来る】	出色，有修養，有才能，成績好
□	できる【出来る】	兩人搞到一起，有了戀愛關係
□	できる【出来る】	(原本沒有的物體)形成，出現
□	できる【出来る】	做出，建成
□	できる【出来る】	做好，做完
□	できる【出来る】	有了(孩子)，發生(事情)
□	できるだけ【出来るだけ】	盡量地；盡可能地
□	でございます	是，在
□	てしまう	完了，光了，盡了(為補助動詞，表示該動作全部結束或該狀態完成，往往表示某事的非自願發生)

□	デスクトップ【desktop】	桌上型電腦
□	てつだい【手伝い】	幫忙，幫助
□	てつだう【手伝う】	幫忙，幫助
□	テニス【tennis】	網球
□	テニスコート【tennis court】	網球場
□	てぶくろ【手袋】	手套
□	てまえ【手前】	你的輕蔑說法
□	てまえ【手前】	這邊，靠近自己這方面
□	てまえ【手前】	（當著）面，（顧慮）對某人的體面
□	てもと【手元】	身邊，手頭，手裡
□	てら【寺】	廟，佛寺，寺廟，寺院
□	てん【点】	分，分數
□	てん【点】	物體表面上看不清的小東西，點
□	てん【点】	計算物品數量的單位，件
□	てん【点】	逗號，標點符號
□	てんいん【店員】	店員，售貨員
□	てんきよほう【天気予報】	天氣預報
□	てんそう【転送】	轉送；轉寄；轉遞
□	でんとう【電灯】	電燈，依靠電能發光的燈
□	てんぷ【添付】	添上；付上
□	てんぷら【天ぷら】	天婦羅，裹粉油炸的蝦或魚等
□	でんぽう【電報】	電報，利用電信設施收發的通信，亦指其通信電文

□	てんらんかい【展覧会】	展覽會

と

□	どうぐ【道具】	工具；器具，家庭生活用具；傢俱
□	とうとう【到頭】	終於，到底，終究，結局
□	とうろく【登録】	登記，註冊
□	とおく【遠く】	遠方，遠處
□	とおく【遠く】	遠遠，差距很大
□	とおり【通り】	大街，馬路
□	とおり【通り】	來往，通行
□	とおる【通る】	（人、車）通過，走過
□	とおる【通る】	穿過地方、場所
□	とおる【通る】	能夠理解
□	とき【時】	（某個）時候
□	とき【時】	時間
□	とくに【特に】	特，特別
□	とくばいひん【特売品】	特價品
□	とくべつ【特別】	特別，格外
□	とこや【床屋】	理髮店
□	とし【年】	年，一年
□	とし【年】	年老
□	とちゅう【途中】	途中，路上；前往目的地的途中

□	とっきゅう【特急】	特快，特別快車
□	どっち【何方】	哪一個，哪一方面
□	とどける【届ける】	送到；送給；送去
□	とどける【届ける】	報，報告；登記
□	とまる【止まる】	停，停止，停住，停下，站住
□	とまる【止まる】	堵塞，堵住，斷，中斷，不通，走不過去
□	とまる【泊まる】	投宿，住宿，過夜
□	とめる【止める】	止；堵；憋，屏；關，關閉
□	とめる【止める】	停下、停止動作
□	とりかえる【取り替える】	交換，互換
□	とりかえる【取り替える】	更換，替換，換成新的
□	どろぼう【泥棒】	小偷
□	どんどん	旺盛，旺，熱火朝天； 茁壯
□	どんどん	連續不斷，接二連三，一個勁兒
□	どんどん	順利，順當

な

□	ナイロン【nylon】	(紡)尼龍，耐綸；錦綸
□	なおす【直す】	修理，恢復，復原
□	なおす【直す】	修改，訂正；修正不好的地方
□	なおす【直す】	改正壞習慣、缺點
□	なおる【直る】	改正過來，矯正過來

□	なおる【直る】	修理好，使機能恢復
□	なおる【直る】	復原，恢復原本良好的狀態
□	なおる【治る】	病醫好，痊癒
□	なかなか【中々】	輕易（不），（不）容易，（不）簡單，怎麼也…
□	なかなか【中々】	頗，很，非常；相當
□	ながら	一邊…一邊…，一面…一面
□	ながら	照舊，如故，一如原樣
□	なく【泣く】	哭，啼哭，哭泣
□	なくす【無くす】	遺失
□	なくなる【無くなる】	沒了，消失
□	なくなる【亡くなる】	死；殺；滅亡
□	なげる【投げる】	投，拋，扔，擲
□	なげる【投げる】	放棄；不認真搞，潦草從事
□	なさる	為，做
□	なぜ【何故】	為何，何故，為什麼
□	なまごみ【生ごみ】	廚餘垃圾；含有水分的垃圾
□	なる【鳴る】	馳名，聞名
□	なる【鳴る】	鳴，響
□	なるべく	盡量，盡可能
□	なるほど	誠然，的確；果然；怪不得
□	なれる【慣れる】	習慣，習以為常
□	なれる【慣れる】	熟練

に

□	におい【匂い】	香味，香氣，芳香；味道，氣味
□	にがい【苦い】	不愉快，不高興；痛苦的，難受的
□	にがい【苦い】	苦的，苦味的
□	にかいだて【二階建て】	二層樓的建築
□	にくい【難い】	困難；不好辦
□	にげる【逃げる】	逃走
□	にげる【逃げる】	避開，閃避，逃避
□	について	關於…；就…；對於…
□	にっき【日記】	日記，日記本
□	にゅういん【入院】	住(醫)院
□	にゅうがく【入学】	入學
□	にゅうもんこうざ【入門講座】	初級講座
□	にゅうりょく【入力】	輸入
□	によると【に拠ると】	根據
□	にる【似る】	像，似
□	にんぎょう【人形】	娃娃，偶人；玩偶；傀儡

ぬ

□	ぬすむ【盗む】	偷盜，盜竊
□	ぬる【塗る】	塗（顏料），擦，抹
□	ぬれる【濡れる】	淋濕，濕潤，滲入水分

ね

□	ねだん【値段】	價格，價錢
□	ねつ【熱】	熱情，幹勁
□	ねつ【熱】	熱，熱度
□	ねつ【熱】	（體溫）發燒，體溫高
□	ねっしん【熱心】	（對人或事物）熱心；熱誠；熱情
□	ねぼう【寝坊】	早上睡懶覺，貪睡晚起（的人）
□	ねむい【眠い】	困，困倦，想睡覺
□	ねむたい【眠たい】	困，困倦，昏昏欲睡
□	ねむる【眠る】	死亡
□	ねむる【眠る】	睡覺

の

□	ノートパソコン【notebook personal computer 之略】	筆記型電腦

□	のこる【残る】	留，在某處留下
□	のこる【残る】	剩下
□	のど【喉】	咽喉，喉嚨，嗓子
□	のみほうだい【飲み放題】	喝到飽，盡管喝
□	のりかえる【乗り換える】	換車、船，換乘，改乘
□	のりもの【乗り物】	乘坐物，交通工具

は

□	は【葉】	葉
□	ばあい【場合】	場合；時候；情況
□	バーゲン【bargain sale 之略】	大拍賣，廉價出售
□	パート【part】	打工，短時間勞動，部分時間勞動
□	パート【part】	部分；篇，章；卷
□	ばい【倍】	倍，加倍，某數量兩個之和
□	ばい【倍】	（接尾詞）倍，相同數重複相加的次數，計算倍數的單位
□	はいけん【拝見】	拜讀；瞻仰，看
□	はいしゃ【歯医者】	牙醫，牙科醫生
□	ばかり	只，僅；光，淨，專；唯有，只有
□	ばかり	左右，上下，表示大約的數量
□	はく【履く】	穿
□	はこぶ【運ぶ】	進展（事物按照預期順利進展）

□	はこぶ【運ぶ】	運送，搬運
□	はじめる【始める】	開始
□	はじめる【始める】	開創，創辦
□	はず	道理，理由
□	はずかしい【恥ずかしい】	害羞，害臊；不好意思，難為情
□	パソコン【personal computer 之略】	個人電腦，電腦
□	はつおん【発音】	發音
□	はっきり	心情上明確，鮮明，痛痛快快
□	はっきり	（事情的結果或人的言行）明確、清楚
□	はっきり	物體的輪廓清楚，鮮明而能與其他東西明顯分開
□	はなみ【花見】	看花，觀櫻，賞（櫻）花
□	はやし【林】	林，樹林
□	はらう【払う】	支付
□	はらう【払う】	拂，撣
□	はらう【払う】	傾注心思；表示（尊敬）；加以（注意）
□	はらう【払う】	趕，除掉
□	ばんぐみ【番組】	（廣播，演劇，比賽等的）節目
□	ばんせん【番線】	…號月臺
□	はんたい【反対】	反對
□	はんたい【反対】	相反
□	ハンドバッグ【handbag】	（女用）手提包，手包，手袋

ひ

□	ひ【日】	天（過去的日子）
□	ひ【日】	日，太陽
□	ひ【日】	陽光，日光
□	ひ【火】	火
□	ピアノ【piano】	鋼琴
□	ひえる【冷える】	冷淡下來，變冷淡
□	ひえる【冷える】	變冷，變涼，放涼
□	ひかり【光】	光，光亮，光線
□	ひかり【光】	光明，希望
□	ひかる【光る】	出眾，出類拔萃
□	ひかる【光る】	發光，發亮
□	ひきだし【引き出し】	抽出，提取
□	ひきだし【引き出し】	抽屜
□	ひげ	鬍鬚，鬍子，髭鬚，髯鬚
□	ひこうじょう【飛行場】	機場
□	ひさしぶり【久しぶり】	（隔了）好久
□	びじゅつかん【美術館】	美術館
□	ひじょうに【非常に】	緊急，非常
□	びっくり	吃驚，嚇一跳
□	ひっこす【引っ越す】	搬家，搬遷，遷居
□	ひつよう【必要】	必要，必需，必須，非…不可

□	ひどい【酷い】	殘酷，無情；粗暴，太過分
□	ひどい【酷い】	(程度)激烈，兇猛，厲害，嚴重
□	ひらく【開く】	加大，拉開(數量、距離、價格等的差距)
□	ひらく【開く】	(事物、業務)開始；開張
□	ひらく【開く】	開放，綻放；敞開；傘、花等從收起的狀態打開
□	ひらく【開く】	開，開著；把原本關著的物品打開
□	ビル【building 之略】	大樓，高樓，大廈
□	ひるま【昼間】	白天，白日，晝間
□	ひるやすみ【昼休み】	午休；午睡
□	ひろう【拾う】	弄到手，意外地得到；接(發球)
□	ひろう【拾う】	拾，撿
□	ひろう【拾う】	招呼交通工具；挑出，選出，揀出

ふ

□	ファイル【file】	文件夾；講義夾
□	ファイル【file】	合訂本；匯訂的文件；匯訂的卡片；卷宗，檔案
□	ふえる【増える】	增加，增多
□	ふかい【深い】	濃厚
□	ふかい【深い】	(顏色、深度、輪廓等)深
□	ふくざつ【複雑】	複雜，結構或關係錯綜繁雜
□	ふくしゅう【復習】	複習

□	**ぶちょう【部長】**	部長
□	**ふつう【普通】**	一般，普通；通常，平常，往常，尋常；正常
□	**ぶどう【葡萄】**	葡萄，紫紅色
□	**ふとる【太る】**	胖，發福；肥
□	**ふとん【布団】**	被褥，鋪蓋
□	**ふね【船・舟】**	船；舟
□	**ふべん【不便】**	不便，不方便，不便利
□	**ふむ【踏む】**	踏，踩，踐踏；跺腳
□	**プレゼント【present】**	贈送禮物，送禮；禮品，贈品，禮物
□	**ブログ【blog】**	部落客，網路日記，博客
□	**ぶんか【文化】**	文化；文明，開化
□	**ぶんがく【文学】**	文藝，文藝學，研究文學作品的學科
□	**ぶんがく【文学】**	文藝作品、文學作品，研究文學作品
□	**ぶんぽう【文法】**	文法，語法

へ

□	**べつ【別】**	別，另外
□	**べつに【別に】**	分開；另
□	**べつに【別に】**	並（不），特別
□	**ベル【bell】**	鈴，電鈴；鐘
□	**ヘルパー【helper】**	幫手，助手
□	**へん【変】**	奇怪，古怪，反常，異常，不尋常

□	へんじ【返事】	回信，覆信
□	へんじ【返事】	答應，回答，回話
□	へんしん【返信】	回信，回電

ほ

□	ほう【方】	方面
□	ほう【方】	方，方向
□	ぼうえき【貿易】	（進出口）貿易
□	ほうそう【放送】	廣播，播出；在電視上播放；收音機播送；用擴音器傳播，傳佈消息
□	ホームページ【homepage】	網頁主頁，瀏覽網際網路的目錄頁面
□	ほうりつ【法律】	法律
□	ぼく【僕】	我，男子指稱自己的詞
□	ほし【星】	星斗，星星
□	ほぞん【保存】	保存
□	ほど【程】	程度
□	ほとんど	大體，大部分
□	ほとんど	幾乎（不），可能性微小
□	ほめる【褒める】	讚揚，稱讚，讚美，褒獎，表揚，高度評價人和事
□	ほんやく【翻訳】	翻譯；筆譯；翻譯的東西，譯本

ま

□	まいる【参る】	去；來
□	まいる【参る】	受不了，吃不消；叫人為難；不堪，累垮
□	まいる【参る】	参拜
□	まいる【参る】	認輸，敗
□	マウス【mouse】	滑鼠
□	まける【負ける】	輸，敗
□	まじめ【真面目】	認真，正直，耿直
□	まず【先ず】	先，首先，最初，開頭
□	または【又は】	或，或者，或是
□	まちがえる【間違える】	弄錯，搞錯
□	まにあう【間に合う】	夠用，過得去，能對付
□	まにあう【間に合う】	趕得上，來得及
□	まま	原封不動；仍舊，照舊
□	まわり【周り】	周圍，物體的前後左右，環繞物體的四周
□	まわり【周り】	附近，鄰近，不遠處
□	まわる【回る】	巡迴；巡視，視察；周遊，遍歷
□	まわる【回る】	繞彎，繞道，迂回
□	まわる【回る】	轉，旋轉，回轉，轉動
□	まんが【漫画】	漫畫；連環畫；動畫片
□	まんなか【真ん中】	正中，中間，正當中

み

□	みえる【見える】	看見，看得見
□	みずうみ【湖】	湖，湖水
□	みそ【味噌】	味噌，黃醬，大醬，豆醬
□	みつかる【見付かる】	能找出，找到
□	みつける【見付ける】	找到，發現
□	みどり【緑】	綠色，翠綠
□	みどり【緑】	樹的嫩芽；松樹的嫩葉
□	みな【皆】	全，都，皆，一切
□	みな【皆】	全體人或物，大家
□	みなと【港】	港，港口；碼頭

む

□	むかう【向かう】	反抗，抗拒
□	むかう【向かう】	出門；前往
□	むかう【向かう】	相對；面對著；朝著；對著
□	むかえる【迎える】	迎接；歡迎；接待
□	むかし【昔】	從前，很早以前，古時候，往昔，昔日，過去
□	むすこさん【息子さん】	您兒子
□	むすめさん【娘さん】	姑娘，少女
□	むすめさん【娘さん】	您女兒

□	むら【村】	村落，村子，村莊，鄉村
□	むり【無理】	強制，硬要，硬逼，強迫
□	むり【無理】	無理，不講理，不合理
□	むり【無理】	難以辦到，勉強；不合適

め

□	め【…目】	（表示順序）第…
□	メール【mail】	郵政；郵件，短信
□	メールアドレス【mail address】	電子信箱；電子郵箱
□	めずらしい【珍しい】	（事情）少有，罕見
□	めずらしい【珍しい】	珍奇，稀奇

も

□	もうしあげる【申し上げる】	說，講，提及，說起，陳述
□	もうす【申す】	說；講，告訴，叫做；「する」的謙讓語
□	もうひとつ【もう一つ】	再一個
□	もえるごみ【燃えるごみ】	可燃垃圾
□	もし【若し】	要，要是，如果，假如；假設，倘若
□	もちろん	當然；不用說，不消說，甭說，不待言；不言而喻

□	もてる【持てる】	受歡迎，吃香；受捧
□	もどる【戻る】	返回原本的狀態，回到原位
□	もどる【戻る】	倒退；折回
□	もどる【戻る】	歸還；退回；把原本擁有的物品歸還原主
□	もめん【木綿】	棉花的棉，棉花；木棉樹
□	もらう	領到，收受，得到
□	もり【森】	森林

や

□	やく【焼く】	烤，烙
□	やく【焼く】	被太陽曬黑
□	やく【焼く】	點火焚燒
□	やくそく【約束】	約，約定，商定，約會
□	やくにたつ【役に立つ】	有益處，有作用，有幫助
□	やける【焼ける】	胃酸過多，火燒心；燥熱難受
□	やける【焼ける】	燒熱，熾熱，燒紅
□	やさしい【優しい】	和藹；和氣；和善；溫和，溫順，溫柔
□	やさしい【優しい】	優美，柔和，優雅
□	やすい	容易，簡單
□	やせる【痩せる】	瘦
□	やっと	好不容易，終於，才
□	やはり	果然

□	やむ【止む】	休，止，停止，中止，停息
□	やめる【止める】	忌；改掉毛病、習慣
□	やめる【止める】	停止，放棄，取消，作罷
□	やめる【辞める】	辭去，辭掉
□	やる【遣る】	派去，派遣，送去，打發去
□	やる【遣る】	做，搞，幹
□	やる【遣る】	給
□	やわらかい【柔らかい】	柔軟的；柔和的
□	やわらかい【柔らかい】	溫柔，溫和

ゆ

□	ゆ【湯】	洗澡水
□	ゆ【湯】	開水
□	ゆうはん【夕飯】	晚飯，晚餐，傍晚吃的飯
□	ゆうべ【夕べ】	昨晚，昨夜
□	ゆうべ【夕べ】	傍晚
□	ユーモア【humor】	幽默，滑稽，詼諧
□	ゆしゅつ【輸出】	輸出，出口
□	ゆび【指】	指，手指，指頭；趾，腳趾，趾頭，腳趾頭
□	ゆびわ【指輪】	戒指，指環
□	ゆめ【夢】	夢想，幻想；理想，目標
□	ゆめ【夢】	夢境，夢

□	ゆれる【揺れる】	搖晃，搖擺，擺動，搖盪；晃蕩，顛簸；動搖，不穩定

よ

□	よう【用】	事情
□	ようい【用意】	準備，預備
□	ようこそ	歡迎，熱烈歡迎
□	ようじ【用事】	事，事情
□	よごれる【汚れる】	污染
□	よしゅう【予習】	預習
□	よてい【予定】	預定
□	よやく【予約】	預約；預定
□	よる【寄る】	順便去，順路到
□	よる【寄る】	靠近，挨近
□	よろこぶ【喜ぶ】	歡喜，高興，喜悅
□	よろしい【宜しい】	好；恰好；不必，不需要
□	よろしい【宜しい】	沒關係，行，可以；表容許、同意
□	よわい【弱い】	不擅長，搞不好，經不起
□	よわい【弱い】	弱；軟弱；淺

ら

□	ラップ【rap】	說唱
□	ラップ【wrap】	（食品包裝用的）保鮮膜；用保鮮膜包
□	ラブラブ【lovelove】	卿卿我我，膩味，黏乎，甜蜜狀

り

□	りゆう【理由】	理由，緣故
□	りよう【利用】	利用
□	りょうほう【両方】	雙方，兩者，兩方
□	りょかん【旅館】	旅館，旅店

る

□	るす【留守】	不在家
□	るす【留守】	看家，看門

れ

□	れいぼう【冷房】	冷氣設備；冷氣，使室內變涼爽的設備
□	れきし【歴史】	歷史
□	レジ【register 之略】	現金出納員，收款員；現金出納機

□	レポート【report】	報告書；學術研究報告
□	レポート【report】	（新聞等）報告；報導，通訊
□	れんらく【連絡】	通知，通報
□	れんらく【連絡】	聯絡，聯繫，彼此關聯，通訊聯繫

わ

□	ワープロ【word processor 之略】	文字處理機，語言處理機
□	わかす【沸かす】	使沸騰，使狂熱，使興高采烈
□	わかす【沸かす】	燒開，燒熱
□	わかれる【別れる】	分散，離散
□	わかれる【別れる】	離別，分手
□	わく【沸く】	沸騰，燒開，燒熱
□	わく【沸く】	激動，興奮
□	わけ【訳】	理由，原因，情由，緣故，情形，成為這種狀態結果的理由
□	わけ【訳】	意義，意思
□	わすれもの【忘れ物】	遺忘的東西
□	わらう【笑う】	笑，開心時的表情
□	わらう【笑う】	嘲笑；取笑
□	わりあい【割合】	比例
□	わりあいに【割合に】	比較地，比預想地
□	わりあいに【割合に】	表示與其基準相比不符；雖然…但是；等同於「けれど」

□	**われる【割れる】**	分裂；裂開
□	**われる【割れる】**	破碎
□	**われる【割れる】**	暴露

索引 さくいん index

あ

ああ……015
ああ……037
ああ……047
あいさつ【挨拶】……015
あいさつ【挨拶】……025
あいさつ【挨拶】……047
あいだ【間】……034
あいだ【間】……043
あいだ【間】……080
あいだ【間】……080
あいだ【間】……080
あう【合う】……008
あう【合う】……015
あう【合う】……083
あかちゃん【赤ちゃん】……024
あかちゃん【赤ちゃん】……092
あがる【上がる】……008
あがる【上がる】……017
あがる【上がる】……026
あがる【上がる】……032
あがる【上がる】……033
あがる【上がる】……037
あかんぼう【赤ん坊】……024
あかんぼう【赤ん坊】……092
あく【空く】……013
あく【空く】……013
あく【空く】……073
あく【空く】……080
アクセサリー【accessary】……045
あげる【上げる】……008
あげる【上げる】……010
あげる【上げる】……015
あげる【上げる】……037
あげる【上げる】……060
あさい【浅い】……056
あさい【浅い】……056
あさい【浅い】……063
あさい【浅い】……063
あさねぼう【朝寝坊】……076
あじ【味】……009
あじ【味】……013
あじ【味】……040
アジア【Asia】……043
あじみ【味見】……053
あす【明日】……065
あそび【遊び】……009
あそび【遊び】……013
あっ……030
あつまる【集まる】……040
あつまる【集まる】……085
あつめる【集める】……011
あつめる【集める】……085
あてさき【宛先】……028
アドレス【address】……018
アフリカ【Africa】……043
あやまる【謝る】……015
アルバイト【(徳) arbeit】……078
あんしょうばんごう【暗証番号】……036
あんしん【安心】……040
あんな……047
あんない【案内】……053
あんない【案内】……085

い

いか【以下】……036
いか【以下】……065
いがい【以外】……049
いがく【医学】……054
いきる【生きる】……016
いきる【生きる】……016
いきる【生きる】……061
いけん【意見】……039
いし【石】……088
いじめる【苛める】……045
いじょう【以上】……026
いじょう【以上】……033
いそぐ【急ぐ】……017
いそぐ【急ぐ】……081
いたす【致す】……029
いたす【致す】……058
いただく【頂く・戴く】……019
いただく【頂く・戴く】……042
いただく【頂く・戴く】……058
いただく【頂く・戴く】……063
いちど【一度】……035
いちど【一度】……056
いちど【一度】……078
いっしょうけんめい【一生懸命】……067
いってまいります【行って参ります】……079
いってらっしゃい【行ってらっしゃい】……079
いっぱい【一杯】……026
いっぱい【一杯】……026
いっぱい【一杯】……062
いっぱい【一杯】……064
いっぱん【一般】……013
いっぽうつうこう【一方通行】……068
いっぽうつうこう【一方通行】……087
いと【糸】……075
いと【糸】……088
いと【糸】……088

いない【以内】036
いなか【田舎】059
いなか【田舎】071
いのる【祈る】025
イヤリング【earring】045
いらっしゃる016
いらっしゃる018
いらっしゃる044
いん【員】046
インストール【install】027
インターネット・ネット【internet】028
インフルエンザ【influenza】094

う

うえる【植える】027
うえる【植える】059
うかがう【伺う】017
うかがう【伺う】041
うかがう【伺う】079
うけつけ【受付】019
うけつけ【受付】070
うける【受ける】011
うける【受ける】019
うける【受ける】019
うける【受ける】020
うける【受ける】020
うける【受ける】025
うごく【動く】021
うごく【動く】021
うごく【動く】021
うごく【動く】023
うごく【動く】039
うそ【嘘】015
うそ【嘘】015
うそ【嘘】094
うち【内】043
うち【内】076
うちがわ【内側】076
うつ【打つ】010
うつ【打つ】019
うつ【打つ】020
うつ【打つ】028
うつ【打つ】065
うつくしい【美しい】014
うつくしい【美しい】014
うつす【写す】023
うつす【写す】035
うつる【映る】008
うつる【映る】082
うつる【映る】086
うつる【移る】023
うつる【移る】039
うつる【移る】056
うつる【移る】066
うで【腕】038
うで【腕】067
うで【腕】067
うまい009
うまい067
うら【裏】049
うら【裏】060
うら【裏】073
うら【裏】087
うりば【売り場】025
うるさい【煩い】041
うるさい【煩い】045
うるさい【煩い】048
うるさい【煩い】079
うれしい【嬉しい】092
うん015
うん031
うんてん【運転】020
うんてん【運転】064
うんてんしゅ【運転手】083
うんてんせき【運転席】070
うんどう【運動】020
うんどう【運動】021

え

えいかいわ【英会話】054
エスカレーター【escalator】022
えだ【枝】077
えらぶ【選ぶ】042
えんかい【宴会】089
えんりょ【遠慮】039
えんりょ【遠慮】051
えんりょ【遠慮】084

お

おいしゃさん【お医者さん】074
おいでになる017
おいでになる018
おいでになる044
おいわい【お祝い】028
おいわい【お祝い】092
おうせつま【応接間】087
おうだんほどう【横断歩道】068
オートバイ【auto bicycle】076
おおい【多い】026
おおきな【大きな】027
おおきな【大きな】040
おおさじ【大匙】027
おおさじ【大匙】077
おかえりなさい【お帰りなさい】086
おかげ【お陰】010
おかげ【お陰】091
おかげさまで【お陰様で】039
おかしい【可笑しい】031
おかしい【可笑しい】032
おかしい【可笑しい】094
おかねもち【お金持ち】013
おき【置き】079
おく【億】026

おく【億】036
おくじょう【屋上】070
おくりもの【贈り物】029
おくる【送る】016
おくる【送る】017
おくる【送る】022
おくる【送る】028
おくれる【遅れる】030
おくれる【遅れる】030
おこさん【お子さん】024
おこす【起こす】029
おこす【起こす】029
おこす【起こす】061
おこなう【行う・行なう】058
おこる【怒る】038
おこる【怒る】045
おしいれ【押し入れ・押入れ】070
おじょうさん【お嬢さん】024
おじょうさん【お嬢さん】092
おだいじに【お大事に】059
おたく【お宅】048
おたく【お宅】094
おちる【落ちる】022
おちる【落ちる】033
おちる【落ちる】051
おちる【落ちる】080
おっしゃる 015
おっと【夫】052
おつまみ【お摘み】062
おつり【お釣り】033
おと【音】041
おとす【落とす】021
おとす【落とす】051
おとす【落とす】073
おとす【落とす】073
おとす【落とす】073
おどり【踊り】021
おどる【踊る】021
おどろく【驚く】031
おなら 068
オフ【off】071
オフ【off】071
おまたせしました【お待たせしました】024
おまつり【お祭り】085
おみまい【お見舞い】037
おみやげ【お土産】028
おめでとうございます【お目出度うございます】091
おもいだす【思い出す】032
おもう【思う】032
おもう【思う】032
おもう【思う】032
おもう【思う】040
おもう【思う】047
おもちゃ【玩具】009
おもちゃ【玩具】045
おもて【表】068
おもて【表】086
おもて【表】087
おや【親】009
おや【親】023
おりる【下りる】051
おりる【下りる】073
おりる【下りる】090
おりる【下りる】090
おりる【降りる】022
おりる【降りる】022
おる【折る】020
おる【折る】050
おる【居る】018
おれい【御礼】029
おれい【御礼】047
おれる【折れる】022
おれる【折れる】022
おれる【折れる】050
おわり【終わり】032
おわり【終わり】032

か

か【家】046
か【家】061
かい【会】011
かい【会】089
かいがん【海岸】071
かいぎ【会議】079
かいぎしつ【会議室】070
かいじょう【会場】011
がいしょく【外食】062
かいわ【会話】078
かえり【帰り】044
かえり【帰り】044
かえる【変える】023
かえる【変える】038
かがく【科学】054
かがみ【鏡】023
がくぶ【学部】030
かける【欠ける】050
かける【欠ける】073
かける【欠ける】073
かける【掛ける】021
かける【掛ける】035
かける【掛ける】035
かける【掛ける】037
かける【掛ける】043
かける【掛ける】058
かける【掛ける】059
かける【掛ける】064
かける【駆ける・駈ける】021
かざる【飾る】046
かざる【飾る】071
かざる【飾る】084
かじ【火事】010
かしこまりました【畏まりました】024
ガスコンロ【(荷)gas+焜炉】089
ガソリン【gasoline】010

ガソリンスタンド【(和製英語) gasoline+stand】010
かた【方】058
かた【方】082
かたい【固い】048
かたい【固い】067
かたい【堅い】067
かたい【堅い】084
かたい【硬い】067
かたち【形】013
かたち【形】089
かたち【形】089
かたづける【片付ける】033
かたづける【片付ける】052
かたづける【片付ける】071
かちょう【課長】085
かつ【勝つ】012
かつ【勝つ】026
がつ【月】077
かっこう【格好・恰好】042
かっこう【格好・恰好】086
かない【家内】052
かない【家内】076
かなしい【悲しい】037
かならず【必ず】041
かのじょ【彼女】046
かのじょ【彼女】093
かふんしょう【花粉症】094
かべ【壁】043
かべ【壁】050
かまう【構う】038
かまう【構う】061
かみ【髪】077
かむ【噛む】050
かむ【噛む】063
かよう【通う】017
かよう【通う】017
かよう【通う】066
かよう【通う】075
ガラス【(荷) glas】088
かれ【彼】046
かれ【彼】093
かれし【彼氏】046
かれし【彼氏】093
かれら【彼等】093
かわく【乾く】041
かわく【乾く】073
かわり【代わり】033
かわり【代わり】048
かわり【代わり】062
かわりに【代わりに】033
かわる【変わる】023
かわる【変わる】039
かわる【変わる】049
かんがえる【考える】039
かんがえる【考える】039
かんけい【関係】034
かんけい【関係】034
かんげいかい【歓迎会】087
かんごし【看護師】074
かんそうき【乾燥機】089
かんたん【簡単】090
がんばる【頑張る】018
がんばる【頑張る】048
がんばる【頑張る】067

き

き【気】016
き【気】031
き【気】040
き【気】074
き【気】083
キーボード【keyboard】019
きかい【機械】020
きかい【機会】058
きけん【危険】094
きこえる【聞こえる】040
きこえる【聞こえる】041
きこえる【聞こえる】066
きしゃ【汽車】076
ぎじゅつ【技術】067
きせつ【季節】056
きそく【規則】042
きつえんせき【喫煙席】070
きっと041
きっと083
きぬ【絹】088
きびしい【厳しい】057
きびしい【厳しい】084
きびしい【厳しい】088
きびしい【厳しい】095
きぶん【気分】031
きぶん【気分】040
きぶん【気分】071
きまる【決まる】015
きまる【決まる】032
きまる【決まる】042
きまる【決まる】042
きみ【君】094
きめる【決める】032
きめる【決める】042
きもち【気持ち】031
きもち【気持ち】040
きもち【気持ち】056
きもの【着物】042
きゃく【客】009
きゃく【客】087
キャッシュカード【cashcard】081
キャンセル【cancel】073
きゅう【急】017
きゅう【急】081
きゅう【急】087
きゅう【急】094
きゅうこう【急行】017
きゅうこう【急行】076
きゅうに【急に】080
きゅうブレーキ【急 brake】072
きょういく【教育】029
きょうかい【教会】085

きょうそう【競争】012
きょうみ【興味】014
きんえんせき【禁煙席】072
きんじょ【近所】064

く

ぐあい【具合】011
ぐあい【具合】052
ぐあい【具合】071
くうき【空気】031
くうき【空気】074
くうこう【空港】070
くさ【草】077
くださる【下さる】010
くび【首】038
くび【首】072
くも【雲】075
くらべる【比べる】013
くらべる【比べる】044
クリック【click】020
クレジットカード【creditcard】081
くれる【暮れる】030
くれる【暮れる】033
くれる【暮れる】045
くれる【呉れる】010
くん【君】051

け

け【毛】077
け【毛】077
け【毛】088
けいかく【計画】039
けいかん【警官】083
ケーキ【cake】009
けいけん【経験】054
けいざい【経済】008
けいざい【経済】056
けいざいがく【経済学】054
けいさつ【警察】070
けいさつ【警察】082
けいたいでんわ【携帯電話】078
けが【怪我】049
けしき【景色】086
けしゴム【消し＋(荷)gom】073
げしゅく【下宿】072
けっして【決して】041
けれど・けれども 030
けれど・けれども 045
けれど・けれども 051
けん【県】043
けん・げん【軒・軒】036
げんいん【原因】091
けんきゅう【研究】054
けんきゅうしつ【研究室】070
げんごがく【言語学】054
けんぶつ【見物】086
けんめい【件名】035

こ

こ【子】023
こ【子】092
ご【御】024
コインランドリー【coin-operatedlaundry 之略】070
こう 047
こうがい【郊外】079
こうき【後期】093
こうぎ【講義】030
こうぎょう【工業】061
こうきょうりょうきん【公共料金】081
こうこう・こうとうがっこう【高校・高等学校】029
こうこうせい【高校生】083
ごうコン【合コン】089
こうじちゅう【工事中】061
こうじょう【工場】065
こうちょう【校長】029
こうつう【交通】068
こうどう【講堂】011
コーヒーカップ【coffeecup】063
こうむいん【公務員】082
こくさい【国際】043
こくない【国内】076
こころ【心】031
こころ【心】031
こころ【心】039
こころ【心】039
ございます 013
こさじ【小匙】078
こしょう【故障】049
こしょう【故障】050
こそだて【子育て】059
ごぞんじ【ご存知】054
こたえ【答え】047
こたえ【答え】047
ごちそう【御馳走】038
ごちそう【御馳走】062
こっち【此方】047
こっち【此方】093
こと【事】048
ことり【小鳥】063
このあいだ【この間】069
このごろ【この頃】069
こまかい【細かい】039
こまかい【細かい】054
こまかい【細かい】063
こまかい【細かい】084
ごみ 057
こめ【米】062
ごらんになる【ご覧になる】086

これから……064
こわい【怖い】……031
こわす【壊す】……049
こわす【壊す】……049
こわす【壊す】……049
こわれる【壊れる】……049
こわれる【壊れる】……049
こわれる【壊れる】……049
コンサート【concert】……090
こんど【今度】……064
こんど【今度】……065
コンピューター【computer】……036
こんや【今夜】……069

さ

さいきん【最近】……064
さいご【最後】……032
さいしょ【最初】……078
さいふ【財布】……019
さか【坂】……043
さか【坂】……087
さがす【探す・捜す】……050
さがる【下がる】……035
さがる【下がる】……044
さがる【下がる】……051
さがる【下がる】……051
さがる【下がる】……057
さがる【下がる】……087
さがる【下がる】……095
さかん【盛ん】……016
さかん【盛ん】……084
さげる【下げる】……035
さげる【下げる】……051
さげる【下げる】……071
さげる【下げる】……087
さしあげる【差し上げる】……010
さしだしにん【差出人】……028
さっき……064
さびしい【寂しい】……037
さびしい【寂しい】……040
さま【様】……051
さらいげつ【再来月】……065
さらいしゅう【再来週】……065
サラダ【salad】……062
さわぐ【騒ぐ】……018
さわぐ【騒ぐ】……079
さわる【触る】……034
さんぎょう【産業】……061
サンダル【sandal】……042
サンドイッチ【sandwich】……062
ざんねん【残念】……037
ざんねん【残念】……037

し

し【市】……043
じ【字】……034
しあい【試合】……012
しおくり【仕送り】……027
しかた【仕方】……058
しかる【叱る】……038
しき【式】……008
しき【式】……089
じきゅう【時給】……025
しけん【試験】……060
しけん【試験】……060
じこ【事故】……048
じしん【地震】……021
じだい【時代】……056
じだい【時代】……069
したぎ【下着】……042
したく【支度】……059
したく【支度】……071
しっかり【確り】……060
しっかり【確り】……067
しっかり【確り】……084
しっぱい【失敗】……012
しつれい【失礼】……015
しつれい【失礼】……084
していせき【指定席】……059
じてん【辞典】……053
しなもの【品物】……008
しばらく【暫く】……056
しばらく【暫く】……069
しま【島】……043
しみん【市民】……082
じむしょ【事務所】……070
しゃかい【社会】……011
しゃかい【社会】……016
しゃちょう【社長】……009
しゃないアナウンス【車内 announce】……027
じゃま【邪魔】……017
じゃま【邪魔】……050
ジャム【jam】……009
じゆう【自由】……084
しゅうかん【習慣】……014
しゅうかん【習慣】……052
じゅうしょ【住所】……018
じゆうせき【自由席】……059
しゅうでん【終電】……033
じゅうどう【柔道】……012
じゅうぶん【十分】……026
しゅじん【主人】……009
しゅじん【主人】……038
しゅじん【主人】……052
しゅじん【主人】……085
じゅしん【受信】……019
しゅっせき【出席】……046
しゅっぱつ【出発】……016
しゅみ【趣味】……040
しゅみ【趣味】……091
じゅんび【準備】……059
しょうかい【紹介】……053
しょうがつ【正月】……044
しょうがつ【正月】……091
しょうがっこう【小学校】……029

しょうせつ【小説】035
しょうたい【招待】011
しょうち【承知】034
しょうち【承知】052
しょうち【承知】054
しょうらい【将来】065
しょくじ【食事】062
しょくりょうひん【食料品】025
しょしんしゃ【初心者】078
じょせい【女性】023
しらせる【知らせる】053
しらべる【調べる】041
しらべる【調べる】054
しらべる【調べる】075
しんきさくせい【新規作成】065
じんこう【人口】036
しんごうむし【信号無視】051
じんじゃ【神社】085
しんせつ【親切】084
しんぱい【心配】031
しんぱい【心配】037
しんぶんしゃ【新聞社】070

す

すいえい【水泳】021
すいどう【水道】075
ずいぶん【随分】057
ずいぶん【随分】084
すうがく【数学】036
スーツ【suit】042
スーツケース【suitcase】089
スーパー【supermarket 之略】025
すぎる【過ぎる】026
すぎる【過ぎる】075
すく【空く】013
すく【空く】040
すく【空く】057
すくない【少ない】056
すぐに【直ぐに】080
スクリーン【screen】023
すごい【凄い】031
すごい【凄い】057
すごい【凄い】057
すすむ【進む】008
すすむ【進む】015
すすむ【進む】022
スタートボタン【start button】020
すっかり 035
ずっと 057
ずっと 066
ずっと 079
ステーキ【steak】063
すてる【捨てる】020
すてる【捨てる】038
すてる【捨てる】058
ステレオ【stereo】041
ストーカー【stalker】048
すな【砂】088
すばらしい【素晴しい】014
すばらしい【素晴しい】057
すべる【滑る】022
すべる【滑る】022
すべる【滑る】037
すみ【隅】070
すむ【済む】014
すむ【済む】033
すむ【済む】033
すり【掏り】075
すると 031
すると 032

せ

せい【製】065
せいかつ【生活】016
せいきゅうしょ【請求書】055
せいさん【生産】065
せいじ【政治】048
せいよう【西洋】043
せかい【世界】016
せき【席】011
せき【席】059
せつめい【説明】053
せなか【背中】038
せなか【背中】087
ぜひ【是非】014
せわ【世話】034
せわ【世話】037
せん【線】035
せん【線】043
せん【線】068
ぜんき【前期】093
ぜんぜん【全然】018
ぜんぜん【全然】057
せんそう【戦争】012
せんぱい【先輩】080
せんもん【専門】061

そ

そう 047
そうしん【送信】028
そうだん【相談】050
そうだん【相談】079
そうだん【相談】079
そうにゅう【挿入】019
そうべつかい【送別会】089
そだてる【育てる】029
そだてる【育てる】059
そつぎょう【卒業】033
そつぎょう【卒業】090
そつぎょうしき【卒業式】091
そとがわ【外側】068

そふ【祖父】023
ソフト【soft】020
そぼ【祖母】023
それで 091
それに 045
それはいけませんね 072
それほど【それ程】047
そろそろ 030
そろそろ 063
ぞんじあげる【存じ上げる】054
そんな 018
そんな 047
そんなに 018
そんなに 057

た

だい【代】016
たいいん【退院】068
ダイエット【diet】056
だいがくせい【大学生】083
だいきらい【大嫌い】045
だいじ【大事】024
だいたい【大体】012
タイプ【type】058
タイプ【type】093
だいぶ【大分】026
たいふう【台風】057
たおれる【倒れる】022
たおれる【倒れる】050
たおれる【倒れる】052
たおれる【倒れる】095
だから 091
たしか【確か】060
たしか【確か】060
たす【足す】037
たす【足す】046
たす【足す】085
だす【出す】028
だす【出す】053
だす【出す】060
だす【出す】060
だす【出す】068
だす【出す】076
だす【出す】078
だす【出す】081
だす【出す】081
たずねる【訪ねる】017
たずねる【尋ねる】051
たずねる【尋ねる】079
ただいま【唯今・只今】064
ただいま【唯今・只今】080
ただいま【唯今・只今】087
ただしい【正しい】014
たたみ【畳】089
たてる【立てる】008
たてる【立てる】061
たてる【立てる】061
たてる【建てる】062
たてる【建てる】066
たとえば【例えば】044
たな【棚】027
たのしみ【楽しみ】091
たのしみ【楽しみ】092
たのしむ【楽しむ】092
たのしむ【楽しむ】092
たべほうだい【食べ放題】062
たまに【偶に】056
ため 050
ため 091
だめ【駄目】051
だめ【駄目】058
だめ【駄目】094
たりる【足りる】013
たりる【足りる】015
たりる【足りる】027
だんせい【男性】023
だんぼう【暖房】010

ち

ち【血】034
ち【血】074
ちいさな【小さな】063
チェック【check】008
チェック【check】035
チェック【check】053
ちかみち【近道】080
ちかみち【近道】090
ちから【力】013
ちから【力】067
ちから【力】067
ちかん【痴漢】083
ちっとも 018
ちゃん 052
ちゅうい【注意】059
ちゅうがっこう【中学校】029
ちゅうし【中止】090
ちゅうしゃ【注射】019
ちゅうしゃいはん【駐車違反】072
ちゅうしゃじょう【駐車場】071
ちょう【町】043
ちり【地理】050
ちり【地理】071

つ

つうこうどめ【通行止め】072
つうちょうきにゅう【通帳記入】055
つかまえる【捕まえる】020
つき【月】044
つき【月】082
つく【点く】011
つける【付ける】027
つける【付ける】043
つける【付ける】055

つける【漬ける】065
つける【点ける】011
つける【点ける】020
つごう【都合】011
つたえる【伝える】079
つづく【続く】066
つづく【続く】066
つづける【続ける】066
つつむ【包む】019
つつむ【包む】073
つま【妻】052
つめ【爪】038
つもり031
つる【釣る】026
つる【釣る】086
つれる【連れる】017

て

ていねい【丁寧】011
ていねい【丁寧】024
テキスト【text】029
てきとう【適当】008
てきとう【適当】012
てきとう【適当】014
できる【出来る】024
できる【出来る】034
できる【出来る】065
できる【出来る】066
できる【出来る】068
できる【出来る】068
できるだけ【出来るだけ】067
でございます024
てしまう032
デスクトップ【desktop】027
てつだい【手伝い】060
てつだう【手伝う】061
テニス【tennis】012
テニスコート【tennis court】012
てぶくろ【手袋】042
てまえ【手前】039
てまえ【手前】064
てまえ【手前】094
てもと【手元】064
てら【寺】085
てん【点】012
てん【点】034
てん【点】036
てん【点】069
てんいん【店員】025
てんきよほう【天気予報】081
てんそう【転送】028
でんとう【電灯】082
てんぷ【添付】046
てんぷら【天ぷら】063
でんぽう【電報】053
てんらんかい【展覧会】090

と

どうぐ【道具】064
とうとう【到頭】032
とうろく【登録】055
とおく【遠く】079
とおく【遠く】079
とおり【通り】068
とおり【通り】068
とおる【通る】068
とおる【通る】069
とおる【通る】093
とき【時】056
とき【時】069
とくに【特に】048
とくばいひん【特売品】089
とくべつ【特別】049
とこや【床屋】008
とし【年】044
とし【年】082
とちゅう【途中】016
とっきゅう【特急】016
どっち【何方】047
とどける【届ける】028
とどける【届ける】053
とまる【止まる】050
とまる【止まる】072
とまる【泊まる】072
とめる【止める】072
とめる【止める】072
とりかえる【取り替える】034
とりかえる【取り替える】034
どろぼう【泥棒】075
どんどん014
どんどん021
どんどん066

な

ナイロン【nylon】088
なおす【直す】074
なおす【直す】074
なおす【直す】074
なおる【直る】033
なおる【直る】074
なおる【直る】074
なおる【治る】074
なかなか【中々】026
なかなか【中々】050
ながら046
ながら083
なく【泣く】037
なくす【無くす】073
なくなる【無くなる】073
なくなる【亡くなる】052
なげる【投げる】021
なげる【投げる】090

なさる……058
なぜ【何故】……078
なまごみ【生ごみ】……058
なる【鳴る】……066
なる【鳴る】……075
なるべく……067
なるほど……093
なれる【慣れる】……014
なれる【慣れる】……014

に

におい【匂い】……040
にがい【苦い】……009
にがい【苦い】……045
にかいだて【二階建て】……062
にくい【難い】……088
にげる【逃げる】……022
にげる【逃げる】……087
について……034
にっき【日記】……055
にゅういん【入院】……074
にゅうがく【入学】……046
にゅうもんこうざ【入門講座】……030
にゅうりょく【入力】……019
によると【に拠ると】……090
にる【似る】……083
にんぎょう【人形】……009

ぬ

ぬすむ【盗む】……075
ぬる【塗る】……058
ぬれる【濡れる】……081

ね

ねだん【値段】……081
ねつ【熱】……010
ねつ【熱】……077
ねつ【熱】……083
ねっしん【熱心】……067
ねぼう【寝坊】……076
ねむい【眠い】……076
ねむたい【眠たい】……076
ねむる【眠る】……052
ねむる【眠る】……076

の

ノートパソコン【notebook personal computer 之略】……036
のこる【残る】……013
のこる【残る】……072
のど【喉】……038
のみほうだい【飲み放題】……062
のりかえる【乗り換える】……034
のりもの【乗り物】……076

は

は【葉】……077
ばあい【場合】……069
バーゲン【bargain sale 之略】……025
パート【part】……078
パート【part】……093
ばい【倍】……036
ばい【倍】……036
はいけん【拝見】……086
はいしゃ【歯医者】……074
ばかり……012
ばかり……048
はく【履く】……042
はこぶ【運ぶ】……022
はこぶ【運ぶ】……022
はじめる【始める】……029
はじめる【始める】……078
はず……091
はずかしい【恥ずかしい】……045
パソコン【personal computer 之略】……036
はつおん【発音】……015
はっきり……060
はっきり……086
はっきり……093
はなみ【花見】……086
はやし【林】……077
はらう【払う】……067
はらう【払う】……073
はらう【払う】……073
はらう【払う】……081
ばんぐみ【番組】……065
ばんせん【番線】……071
はんたい【反対】……051
はんたい【反対】……087
ハンドバッグ【handbag】……089

ひ

ひ【日】……044
ひ【日】……082
ひ【日】……082
ひ【火】……010
ピアノ【piano】……075
ひえる【冷える】……041
ひえる【冷える】……082
ひかり【光】……082
ひかり【光】……091
ひかる【光る】……082
ひかる【光る】……086

ひきだし【引き出し】060
ひきだし【引き出し】070
ひげ 077
ひこうじょう【飛行場】070
ひさしぶり【久しぶり】055
びじゅつかん【美術館】053
ひじょうに【非常に】057
びっくり 030
ひっこす【引っ越す】023
ひつよう【必要】060
ひどい【酷い】057
ひどい【酷い】094
ひらく【開く】080
ひらく【開く】083
ひらく【開く】083
ひらく【開く】090
ビル【building 之略】061
ひるま【昼間】069
ひるやすみ【昼休み】075
ひろう【拾う】025
ひろう【拾う】025
ひろう【拾う】026

ふ

ファイル【file】085
ファイル【file】019
ふえる【増える】046
ふかい【深い】026
ふかい【深い】027
ふくざつ【複雑】088
ふくしゅう【復習】093
ぶちょう【部長】085
ふつう【普通】013
ぶどう【葡萄】062
ふとる【太る】027
ふとん【布団】075
ふね【船・舟】076
ふべん【不便】018
ふむ【踏む】021
プレゼント【present】028
ブログ【blog】055
ぶんか【文化】083
ぶんがく【文学】035
ぶんがく【文学】054
ぶんぽう【文法】042

へ

べつ【別】049
べつに【別に】048
べつに【別に】048
ベル【bell】075
ヘルパー【helper】060
へん【変】094
へんじ【返事】035
へんじ【返事】047
へんしん【返信】047

ほ

ほう【方】087
ほう【方】087
ぼうえき【貿易】008
ほうそう【放送】027
ホームページ【homepage】054
ほうりつ【法律】052
ぼく【僕】094
ほし【星】082
ほぞん【保存】020
ほど【程】077
ほとんど 012
ほとんど 026
ほめる【褒める】025
ほんやく【翻訳】034

ま

まいる【参る】012
まいる【参る】017
まいる【参る】045
まいる【参る】085
マウス【mouse】089
まける【負ける】012
まじめ【真面目】084
まず【先ず】080
または【又は】049
まちがえる【間違える】032
まにあう【間に合う】013
まにあう【間に合う】014
まま 083
まわり【周り】064
まわり【周り】068
まわる【回る】021
まわる【回る】021
まわる【回る】069
まんが【漫画】035
まんなか【真ん中】069

み

みえる【見える】086
みずうみ【湖】070
みそ【味噌】009
みつかる【見付かる】055
みつける【見付ける】055
みどり【緑】092
みどり【緑】092
みな【皆】036
みな【皆】094
みなと【港】071

む

むかう【向かう】017
むかう【向かう】051
むかう【向かう】087
むかえる【迎える】087
むかし【昔】069
むすこさん【息子さん】024
むすめさん【娘さん】024
むすめさん【娘さん】092
むら【村】043
むり【無理】085
むり【無理】088
むり【無理】094

め

め【…目】077
メール【mail】028
メールアドレス【mail address】018
めずらしい【珍しい】024
めずらしい【珍しい】056

も

もうしあげる【申し上げる】015
もうす【申す】015
もうひとつ【もう一つ】045
もえるごみ【燃えるごみ】057
もし【若し】039
もちろん 092
もてる【持てる】020
もどる【戻る】033
もどる【戻る】033
もどる【戻る】044
もめん【木綿】088
もらう 025
もり【森】077

や

やく【焼く】011
やく【焼く】065
やく【焼く】066
やくそく【約束】042
やくにたつ【役に立つ】061
やける【焼ける】040
やける【焼ける】066
やさしい【優しい】014
やさしい【優しい】084
やすい 090
やせる【痩せる】063
やっと 088
やはり 031
やむ【止む】072
やめる【止める】074
やめる【止める】090
やめる【辞める】090
やる【遣る】010
やる【遣る】028
やる【遣る】058
やわらかい【柔らかい】040
やわらかい【柔らかい】084

ゆ

ゆ【湯】010
ゆ【湯】063
ゆうはん【夕飯】062
ゆうべ【夕べ】030
ゆうべ【夕べ】030
ユーモア【humor】084
ゆしゅつ【輸出】025
ゆび【指】038
ゆびわ【指輪】046
ゆめ【夢】075
ゆめ【夢】086
ゆれる【揺れる】022

よ

よう【用】078
ようい【用意】059
ようこそ 086
ようじ【用事】078
よごれる【汚れる】095
よしゅう【予習】093
よてい【予定】042
よやく【予約】080
よる【寄る】017
よる【寄る】064
よろこぶ【喜ぶ】041
よろしい【宜しい】014
よろしい【宜しい】041
よわい【弱い】063
よわい【弱い】095

ら

ラップ【rap】041
ラップ【wrap】019
ラブラブ【lovelove】047

り

りゆう【理由】091
りよう【利用】064
りょうほう【両方】036
りょかん【旅館】072

るす【留守】……016
るす【留守】……018

れ

れいぼう【冷房】……081
れきし【歴史】……056
レジ【register 之略】……081
レポート【report】……053
レポート【report】……055
れんらく【連絡】……053
れんらく【連絡】……053

わ

ワープロ
【word processor 之略】……055
わかす【沸かす】……040
わかす【沸かす】……065
わかれる【別れる】……080
わかれる【別れる】……080
わく【沸く】……040
わく【沸く】……066
わけ【訳】……055
わけ【訳】……091
わすれもの【忘れ物】……089
わらう【笑う】……038
わらう【笑う】……092
わりあい【割合】……044
わりあいに【割合に】……030
わりあいに【割合に】……044
われる【割れる】……049
われる【割れる】……055
われる【割れる】……080

MEMO

日檢記憶館02

絕對合格！關鍵字

日檢 高得分祕笈 類語單字

[25K＋MP3]

■ 發行人／林德勝

■ 著者／吉松由美、田中陽子、西村惠子、山田社日檢題庫小組

■ 出版發行／山田社文化事業有限公司
地址　臺北市大安區安和路一段112巷17號7樓
電話　02-2755-7622
傳真　02-2700-1887

■ 郵政劃撥／19867160號　大原文化事業有限公司

■ 總經銷／聯合發行股份有限公司
地址　新北市新店區寶橋路235巷6弄6號2樓
電話　02-2917-8022
傳真　02-2915-6275

■ 印刷／上鎰數位科技印刷有限公司

■ 法律顧問／林長振法律事務所　林長振律師

■ 書＋MP3／定價　新台幣320元

■ 初版／2021年1月

ISBN : 978-986-246-596-7

山田社

STS
山田社